U0007994

Goosebumps®

Goosebumps®

Goosebumps®

雞皮疙瘩 25

幽靈海灘

Ghost Beach

R.L. 史坦恩（R.L.STINE）◎著

均而◎譯

致台灣讀者

讀者們，請小心……

我是Ｒ．Ｌ．史坦恩，歡迎到「雞皮疙瘩」的可怕世界裡來。

你是否曾在深夜裡聽到過奇怪的嚎叫？你是否曾在黑暗中聽到腳步聲——卻根本看不到人？你是否見過神祕可怖的陰影，幽幽暗處有眼睛在窺視著你，或者身後有聲音叫你的名字？

如果是這樣，你應該了解那種奇特的發麻的感覺——那種給你一身雞皮疙瘩、被嚇呆的感覺。

在這些書裡，幽靈在閣樓上竊竊低語；膽顫心驚的孩子忽而隱形；稻草人活了，在田野裡走來走去；木偶和布娃娃也有生命，到處嚇人。

當然，這些都是磨礪心志的好玩的嚇人事。我希望你們感到害怕，同時也希望你們大笑。這都是想像出來的故事。當然，最可怕的地方在你們自己心裡。

過個害怕的一天吧！

R L Stine

出版緣起

人生從奇幻冒險開始

何飛鵬
城邦媒體集團首席執行長

我的八到十二歲是在《三劍客》、《基度山恩仇記》、《乞丐王子》中度過的。可是現在的小孩有更新奇的玩具、電玩、漫畫，以及迪士尼樂園等。

八到十二歲，正是孩子從字數極少、以圖畫爲主的繪本閱讀，跨越到漸漸以文字閱讀爲主的時期。也正是訓練孩子從圖像式思考，轉變成文字思考的重要階段。在這個階段，養成長期的文字閱讀習慣，能培養孩子敘事、分析、推理的邏輯思辨能力，奠定良好的寫作實力與數理學力基礎。

然而，現在的父母擔心，大環境造成了習於圖像、不擅思考、討厭文字的一代。什麼力量能讓孩子重回閱讀的懷抱呢？

全球銷售三億五千萬冊的「雞皮疙瘩」，正是爲了滿足此一年齡層的孩子的需求而誕生的！

無論是校園怪奇傳說、墓地探險、鬼屋驚魂，或是與木乃伊、外星人、幽靈、吸血鬼、殭屍、怪物、精靈、傀儡相遇過招，這些孩子們的腦袋裡經常出現的角色或想像，經由作者的生花妙筆，營造出一個個讓孩子們縱橫馳騁的魔幻時空、光怪陸離的神奇異界，經歷各種危急險難，最終卻又能安全地化險爲夷。這樣的冒險犯難，無論男孩女孩，無不拍案稱奇、心怡神醉！

本系列作品被譯爲三十二種語言版本，並在全球數十個國家出版，創下了出版史上多項的輝煌紀錄，廣受世界各地孩子的喜愛。作者史坦恩表示，這套作品之所以成功，是因爲多年的兒童雜誌編輯工作，讓他對兒童心理和兒童閱讀需求有了深刻理解——他知道什麼能逗兒童發笑，什麼能使他們戰慄。

我們誠摯地希望臺灣的孩子也能和世界上其他的孩子一樣，有更豐富多元的閱讀選擇。更希望藉由這套融合驚險恐怖與滑稽幽默於一爐，情節緊湊又緊張的「雞皮疙瘩系列叢書」，重拾八到十二歲孩子的閱讀興趣，從而建立他們的閱讀習慣，擁有一個快樂學習的童年。

現在，我們一起繫好安全帶，放膽體驗前所未有的驚異奇航吧！

專文推薦

戰慄娛人的鬼故事

國立臺北教育大學語文與創作系兒童文學教授　廖卓成

這套書很適合愛看鬼故事的讀者。

文學的趣味不止一端，莞爾會心是趣味，熱鬧誇張是趣味，刺激驚悚也是趣味。有人擔心鬼故事助長迷信，其實古典小說中，也有志怪小說一類，《聊齋誌異》就有不少鬼故事。何況，這套書的作者開宗明義的說：「這都是想像出來的故事」，不必當眞。

既然恐怖電影可以看，看鬼故事似乎也無妨；考試的書讀久了，偶爾調劑一下，對頭腦卻是有益。當然，如果看鬼片會連續失眠，妨害日常生活，那就不宜勉強了。

雋永的文學作品，應該有深刻的內涵；但不少兒童文學作品說教有餘，趣味不足。只要有趣味，而且不是害人為樂的惡趣，就是好的作品。鮑姆（Baum）在《綠野仙蹤》的序言裡，挑明了他寫書就是為了娛樂讀者。

倒是內行的讀者，不妨考校一下自己的功力，留意這套書的敘事技巧，由主角「我」來講故事，有甚麼效果？書中衝突的設計與化解，是否意想不到又合情合理？能不能有不同的設計？會不會更好？這是另一種引人入勝之處。

導讀

結局只是另一場驚嚇的開始

臺北藝術節藝術總監
臺北藝術大學戲劇系兼任助理教授
耿一偉

不知道大家還記不記得，小時候玩遊戲，比如捉迷藏等，都會有一個人要當鬼。鬼在這個遊戲中很重要，沒有鬼來捉人，遊戲就不好玩。這些遊戲的關鍵特色，不是人要去消滅鬼，而是要去享受人被鬼追的刺激樂趣。所以當鬼捉到人後，不是遊戲就結束，而是下一個人要去當鬼。於是，當鬼反而是件苦差事，因為捉人沒有樂趣，恨不得趕快找人來替代。所以遊戲不能沒有鬼，不然這個遊戲就不好玩了。

在史坦恩的「雞皮疙瘩系列」中，這些鬼所扮演的角色也是類似遊戲中的鬼，給我帶來閱讀與想像的刺激。各位讀者如果留意一下，會發現在他的小說中，都有一個類似的現象，就是結局往往不是一個對抗式的終局，一種善惡誓不兩立，以消滅魔鬼為最終目標的故事——這比較是屬於成人恐怖片的模式，不是你死，就是人類全部變殭屍。但「雞皮疙瘩系列」中，你的雞皮疙瘩起來了，可是結尾的時候，鬼並不是死了，而是類似遊戲一樣，這些鬼換了另一種角色，而且有下一場遊戲又要繼續開始的感覺。

礙於閱讀的樂趣，我無法在此對故事結局說太多，但各位看完小說時，可以再回想我在這裡說的，就知道，「雞皮疙瘩系列」跟遊戲之間，的確有類似性。換另一個角度來看，這些主角大多爲青少年，他們在生活中碰到的問題，如搬家面對新環境、男生女生的尷尬期、霸凌、友誼等，都在故事過程一一碰觸。

「雞皮疙瘩系列」令人愛不釋手的原因，也在於表面上好像主角是鬼，但讀到一半，你會感覺到，故事的重點不知不覺地從這些鬼怪轉移到那些被追的青少年身上，鬼可不可怕不是重點，重點是被追的過程中，一些青少年生活中的苦悶，也被突顯放大，甚至在故事中被解決了。所以你會在某種程度感受到，這本書的內容是在講你，在講你的生活，在講你的世界，鬼的出現，只是把這些青春期的事件給激化了。

另一個有趣的現象，是從日常生活轉入魔幻世界的關鍵點，往往發生在父母不在身邊，然後主角闖入不熟識空間的時候——比如《魔血》是主角暫住到姑婆家、《吸血鬼的鬼氣》是闖入地下室的祕道、《我的新家是鬼屋》是新家的詭異房間……等等。

因爲誤闖這些空間，奇怪的靈異事件開始打斷平凡無趣的日常軌道，一段冒險展開了，一場你追我跑的遊戲開始進行，而父母們往往對此毫無所悉，不知道自己的兒女在故事結束時，已經有所變化，變得更負責任，更勇敢。

「雞皮疙瘩系列」的意義，也在這個地方。在平凡無奇充滿壓力的青春期校園生活中，有那麼多不快樂、有那麼多鬼怪現象在生活中困擾著我們，但這無法跟家長說，因爲他們不能理解，他們看不到我們看到的。但透過閱讀，透過想像力所引發的鬼捉人遊戲，這些不滿被發洩，這些被學校所壓抑的精力被釋放了。

幸好有這些鬼怪的陪伴，日子不再那麼無聊，世界可以靠自己的力量改變。

終究，在青少年的世界裡，鬼怪並不是那麼可怕，在史坦恩的小說中，也往往會有主角最後拯救了這些鬼怪的情形，彷彿他們不是惡鬼，而比較像誤闖人類世界的外星人……這也是青少年的焦慮，他們正準備降臨成人世界，這件事讓他們起了雞皮疙瘩！！

這句英文怎麼說

墓園似乎讓她感到興奮。
Graveyards get her all excited.

1.

我已經記不得我們是怎麼來到這墓地的了。

只記得天空越來越黑——而我們確實在墓地裡。

我跟妹妹泰麗就這樣走過一排又一排老舊歪斜、殘破不堪，又長滿苔蘚的墓碑。雖然正值炎炎夏日，此地卻瀰漫著一片陰暗潮濕的霧氣，空氣中散發出陣陣的寒意。

我打了個寒顫，趕緊拉上外套。「等一下，泰麗！」一如往常的，她還是打頭陣；墓園似乎讓她感到興奮。「妳在哪裡？」我大喊。

我瞇起眼睛走進霧裡，彷彿可以看到泰麗的身影就在前面，還不時停下來查看每一塊墓碑。

冷不防的，我踢到了一塊墓碑，上頭寫著：緬懷約翰，丹尼爾與莎拉·奈普之子，卒於一七七六年三月二十五日，得年十二歲又二十二天。

我心想，這太詭異了，這個男孩死的時候和我一樣歲數。我今年二月剛滿十二歲，泰麗則在同一個月滿十一歲。

還是趕路要緊，我快馬加鞭的在陣陣刺骨寒風中前進，一邊從這一排排的舊墓碑間找尋泰麗的蹤跡；可是，她就好像消失在這陣濃霧中似的。「泰麗，妳到底跑哪兒去啦？」我大喊。

此時，她的聲音飄向我，「我在這裡，傑瑞！」

「哪裡？」我在冷颼颼的風中，循著聲音穿過這片迷濛和樹葉。

突然傳來一陣又長又沉的號叫。「大概是狗吧！」我放大音量自言自語著好壯膽。

可是濃密的樹葉刮在身上沙沙作響，讓我直打哆嗦。

「傑——瑞！」泰麗的聲音好像從一萬哩遠傳過來一般。

我又往前走了一會兒，直到一塊高大的墓碑擋住我的去路。

這句英文怎麼說

我在這裡。
I'm over here.

「泰麗！等等我！別四處亂跑啦！」

又是一陣長號。

「你走錯邊了！」泰麗喊。「我在這裡！」

「好極了，感激不盡！」我嘀咕著。爲什麼我不能有一個喜歡籃球、而不是古墓探險的老妹呢？

惱人的怪風發出低沉刺耳的噪音，還把整團樹葉、灰塵和泥土往我臉上吹，我急忙閉上眼睛。

等我張開眼睛，只見泰麗蜷縮在一塊小墓碑邊。

「別動，」我說，「我這就過去。」

我以之字型繞著墓碑匍匐前進，直到走近泰麗身旁。「天越來越黑了，」我喊道，「我們快離開這裡吧！」

正當我轉身準備起步時，有東西抓住了我的腳踝！

一隻手！一隻從墓碑旁的泥土裡伸出來的手！

「啊——」我驚聲尖叫，泰麗也跟著驚叫。

我用力踢，掙脫了那隻手！

「快逃！」泰麗驚呼。

我早已拔腿開跑。

沒跑多久，我們兩個就被潮濕的草叢絆倒。突然間，綠手從四面八方冒出來。

啪！啪！啪！

這些綠手紛紛往上舉起，伸過來要抓住我們的腳踝！

我逃到西，啪！我躲到東，霹！

「逃啊！泰麗快逃！」我向泰麗喊著。「抬起妳的膝蓋！」

她運動鞋踏在地上的聲響從我身後傳來。我聽到她恐懼的哭喊：「傑瑞，我被抓住了！」

我上氣不接下氣的轉過身去，看到兩隻大手纏住了泰麗的雙腳！

我嚇得無法動彈，就這樣看著泰麗不停掙扎。

「傑瑞——幫我！它不放手！」

我深深吸了口氣，然後衝向泰麗。「抓緊我！」我要她抓緊我的手臂。

這句英文怎麼說

我們兩個都被困住了！
We were both trapped.

我想踢開抓住泰麗的那兩隻怪手。

可是任憑我再怎麼用力踢，那兩隻怪手就是不動也不肯放手。

「我……我不能動了！」泰麗嗚咽著。

這時泥土好像一直在我腳下搖晃，於是我往下看了一眼，看到土裡長出了更多的手！

我用力拉住泰麗的手腕。「快動一下！」我瘋狂的大叫。

「我動不了！」

「妳動得了！繼續試！」

「啊——」這回輪我大叫，因爲這次怪手抓住的是我的腳踝。

這下我也被抓了！

我們兩個都被困住了！

2.

「傑瑞！你是哪裡有毛病啊？」泰麗問。

我眨了眨眼睛回過神來。原來我們正站在狹長的岩石海灘上，泰麗就在我身邊。我回頭眺望著寧靜如常的海水，搖搖頭自言自語，「噢，眞是奇怪，我居然想起了幾個月前做的惡夢。」

泰麗皺起眉頭說，「怎麼會現在才想起呢？」

「那是關於一塊墓地……」我解釋，並不由自主的回頭瞥了一下那個剛剛發現、藏在松樹林邊的老舊小墓園。「在我夢裡，綠手從地上冒出來，還抓住了我們的腳踝！」

「眞是噁心！」泰麗一面回嘴，一面撥開額頭上深褐色的瀏海。除了她高我

這句英文怎麼說

布萊德・沙德勒是我們的遠房表親。
Brad Sadler is our distant cousin.

一吋外，我們兩個看起來簡直就是最完美的兄妹組合；同樣的棕色短髮，同樣在鼻樑上長著雀斑，還有同樣淡褐色的眼睛。

不過，有一點不同：泰麗笑起來的時候，臉頰會出現深深的酒窩，而我沒有。眞是謝天謝地！

我們沿著海岸走了幾分鐘，只見岸邊又高又大的圓石和散亂的松樹，一直延伸到水邊。

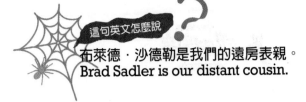

「可能是你太緊張了，所以還記得那個夢。」泰麗若有所思的說。「你也知道，我們已經離家整整一個月了。」

「嗯，可能吧！」我同意。「我們從來沒離家這麼遠過；可是在這裡又能發生什麼事呢？布萊德和愛葛莎人眞的很好。」

布萊德・沙德勒是我們的遠房表親，應該說是古早的遠房表親會更貼切一點。爸爸說，布萊德和他太太愛葛莎在他還很小的時候就很老了。

但是他們都十分風趣，雖然人老但眞的很有活力；所以當他們邀請我們北上，到他們在新英格蘭的海濱老別墅，共度夏季最後一個月時，泰麗跟我馬上熱情的答應了。這個主意眞的很棒，尤其我們只有另外一個選擇——待在紐澤西又窄又熱的家裡。

那天早上我們坐火車來到這裡的時候，布萊德和愛葛莎特地到車站接我們，開車載我們經過松樹林到避暑別墅。

等我們終於放好行李、用過午餐——一大碗奶油蛤蜊海鮮濃湯之後，愛葛莎說：「你們兩個何不趁現在四處逛逛？有很多地方值得一探喔！」

於是我們就這樣四處參觀。這時，泰麗突然挽住我的手臂。「嘿！我們回頭去探探那個小墓園吧！」

「我不知道……」那個嚇人的夢還清晰的浮現在我腦海裡。

「哦，拜託！那裡不會長出什麼綠色怪手的，我保證！而且我打賭我們一定可以找到一些很酷的墓碑來拓印。」

泰麗很喜歡古墓探險。她喜歡各種恐怖事物，還讀了成堆的恐怖神祕故事，而且奇怪的是，她總是先看最後一章。

泰麗必須要解開謎團，不知道答案是她無法忍受的事。

這句英文怎麼說

我們回頭去探探那個小墓園吧！
Let's go back and check out that little cemetery!

我的妹妹其實有很多很多興趣，但拓印墓碑卻是她的奇怪嗜好之一。她把一張宣紙貼在刻有銘文的墓碑上，然後用一種特殊蠟筆的側邊，將墓碑上的圖樣拓印在紙上。

「嘿，等一下！」我想叫住她。

但是泰麗早就逕自在海灘上漫步，朝墓園的方向走過去。

「快點，傑瑞！」她喊著。「別當個膽小鬼！」

不想當膽小鬼的我，只好跟著她離開海灘，走進這座小小的松樹林。林中充滿了清新的松樹香味，而墓園就在森林裡，周圍則是環繞著碎石牆壁；我們就從石牆裂開的縫隙中鑽進墓園。

一進墓園，泰麗就開始查看墓碑。「哇，有的墓碑還真是歷史悠久呢！」泰麗說。「來看看這個。」

她指著一個小小的墓碑，墓碑上刻了一個骷髏頭，骷髏頭的兩邊還長著一對翅膀。

「這是死神的頭。」妹妹解釋：「是古老的清教徒圖騰，很恐怖吧？」

她唸出碑文：「『約翰．沙德勒先生長眠於此，卒於一六四二年三月十八日，享年三十八歲』。」

「沙德勒。跟我們同姓啊！」我說，「哦，我在想，我們會不會跟他是親戚啊？」我盤算了一下。「如果約翰是我們的親戚，那他就是我們的曾曾曾曾什麼公的，他已經死超過三百五十年了！」

泰麗早就移動到另外一群墓碑去了，根本沒聽到我在講什麼。「這個是一六四七年的，那一個是一六五二年的，我從沒拓印過這麼古老的墓碑。」然後她就消失在一塊高大的墓碑後。

雖然我知道我們這一整個月都會在這裡，但今天我看的墳墓已經夠多了。

「快啦！我們去海邊探險好不好？」我四處尋找泰麗。「泰麗，妳跑哪兒去啦？」

我朝那個高大的墓碑走過去。

她沒在那裡。

「泰麗？」海風吹動著頭頂上的松樹枝，枝葉沙沙作響。「泰麗，別鬧了行

這句英文怎麼說

不知道下面有什麼？
I wonder what's down here.

不行？」

我又踱了幾步。「妳知道我不喜歡這樣！」我發出警告。

這時，泰麗從一塊離我約十呎遠的墓碑後面冒出頭來。「怎麼啦？你怕啦？」

我不喜歡她齜牙咧嘴的模樣。「我？我才不怕咧！」

泰麗站起身來。「好吧，膽小鬼。可是明天我還要來喔！」於是，她尾隨我離開墓園，回到岩石海灘。

「不知道下面有什麼？」我一邊說，一邊把頭伸出去看海岸線。

「你看這個！」泰麗彎下腰，摘下一朵從兩塊大岩石中冒出來的黃白相間的野花。「奶油雞蛋！」她宣稱。「很奇怪的野花名吧？」

「的確。」我同意。

泰麗．沙德勒怪怪嗜好第二號：野花。她很喜歡蒐集野花，她會把這些蒐集的花壓在一塊大紙板下面；她管這個新奇玩意兒叫「壓花」。

「現在你又有什麼問題啦？」泰麗皺眉問道。

「因爲我們一直走走停停，我想要探險。愛葛莎說這附近有一處小海灘，我們可以在那邊游泳。」

「好、好、好！」她邊回應，邊轉動著褐色眼珠。

我們蹣跚前行，終於到達那處小小的沙灘。雖說是沙灘，但是石頭還比沙多。往海水裡瞧，還可以發現一道長長的石製防波堤，一直延伸到海裡。

「不知道那是做什麼用的？」泰麗說。

「那是用來讓海岸線更直更整齊的。」我解釋。

當我正要繼續解釋海水會侵蝕海岸線時，泰麗突然喘著大氣叫出聲來。

「傑瑞——快看！在上面！」她指著防波堤另一邊，在海岸線上一處高高的石堆。

從這邊看過去，在這堆石頭組成的巨大礁石上，有個若隱若現、又大又暗的洞穴。

「咱們爬上去看看吧！」泰麗急切的叫著。

「不，等等！」我想起早上搭火車時爸媽給我的叮嚀：好好看著泰麗，別讓她一下子變得太興奮。「那裡可能很危險！」我說。畢竟我是哥哥，而且是比較

這句英文怎麼說

拜託你行不行！
Give me a break.

理智的那個。

她扮了一下鬼臉。「拜託你行不行！」她抱怨著，但還是繼續穿過海灘，朝那個洞穴走去。「至少靠近一點看看嘛！我們等一下可以問布萊德和愛葛莎，看看那裡安不安全。」

我跟在她後面。「是呀、是呀！好像九十歲老人家會去洞穴探險一樣。」

當我們越走越近時，我不得不承認，這個洞穴眞是酷斃了；我從來沒看過這麼大的洞穴，除了曾在一本舊童軍刊物裡看過之外。

「我懷疑這裡是不是曾經有人住過？」泰麗興奮的說。「你知道的，像是海濱的隱士什麼的。」她用手摀住嘴巴，然後發出「嗚——」的聲音。

有時候泰麗眞像個白癡；我是說，如果你住在洞穴裡，聽到有人喊「嗚——」，你會應聲嗎？

「嗚——！」又來了。

「我們走吧！」我催促道。

這時，一陣長長的鳴叫聲劃過空氣，從洞穴裡傳了出來。我們彼此互望，愣了一下。

「哇！那是什麼？」泰麗輕聲問，「是貓頭鷹嗎？」

我嚥了口口水。「我想不是吧！貓頭鷹晚上才出來活動。」

這時，我們又聽到那個聲音。一陣長長的、從洞穴底部傳出來的嗚叫聲。

我們又互看了一眼。那會是什麼？野狼？土狼？

「我想，布萊德跟愛葛莎一定在想我們跑哪兒去了。」泰麗輕輕的說。「也許我們該走了。」

「沒錯！」我轉身要離開，後面的聲音卻越來越大。

我用手遮住眼睛，瞥向天空。

「不！」我抓住泰麗的手臂，但是一個黑影就從我們上頭飛過。

是一隻大蝙蝠，朝我們飛撲過來。牠那血紅的眼睛閃閃發亮，嘴裡的尖牙發出兇光，攻擊時還發出嘶嘶聲。

這句英文怎麼說

我用手遮住眼睛。
I shielded my eyes with my hand.

3.

那蝙蝠飛得好低好低，我都可以感覺到牠翅膀振動出的空氣。

泰麗和我跌坐在硬硬的地上；我雙手抱住頭，免得受到蝙蝠攻擊。

我心跳得好大聲，大到聽不到蝙蝠振翅的聲響。

「嘿！牠跑哪兒去了？」我聽到泰麗大喊。

我小心翼翼的張開眼偷看，那隻蝙蝠就在我們頭後方的空中盤旋，還不時俯衝下來，發出嗖嗖的聲響；突然間，牠狂亂的旋轉起來。

接著牠撞上附近的岩石，黑色的翅膀還在微風中無力的振動。

我慢慢的站起身，心臟還在撲通撲通的跳。

「是什麼東西讓牠這樣摔下來的？」我用顫抖的聲音問道，並朝著那隻蝙蝠

走過去。

泰麗把我拉住。「離牠遠一點，蝙蝠可能會傳染狂犬病。」

「我不是要接近牠，」我告訴她。「我只是要看一下；我從來沒這麼近看過蝙蝠。妳可以說我的嗜好也是科學，我喜歡研究各種動物。」

「在這，我看看。」我邊說邊爬過平滑的灰色鵝卵石。

「小心，傑瑞！」泰麗警告我。「要是你染上了狂犬病，我也會遭殃的。」

「感謝妳的關心！」我諷刺的嘀咕著。

大概在離蝙蝠四呎遠的地方，我停了下來。「哇，我眞不敢相信！」我大叫。

我聽到泰麗突然笑了起來。

那根本不是蝙蝠，而是風箏！

我眞不敢相信！那兩隻看起來那麼恐怖的眼睛，居然是畫在紙上的。因爲掉下來的時候撞到了石頭，風箏的一片翅膀已經破成碎片。

我們彎下腰查看風箏的殘骸。

「小心它會咬人！」一個男孩的聲音從我們身後傳來。

這句英文怎麼說

你們是一家人嗎？
Are you all in the same family?

泰麗和我被嚇得跳了起來。我轉身一看，眼前出現一個年齡跟我們相仿的男孩，他站在一塊高聳的岩石上，手上還有顆溜溜球。

「哈哈，好棒的笑話！」泰麗諷刺的回答。

那男孩對我們咧著嘴笑，但是並沒有回話，只是走近我們。我看見他跟我一樣，鼻樑上也有雀斑，髮色和髮型也差不多。

接著，他轉身走向岩石那邊，說：「你們現在可以出來了。」

此時，有兩個小孩從岩石另外一邊攀爬過來，一個是女孩，跟我們差不多歲數，另外一個小男孩大概五歲。小男孩有一頭淡色的金髮和一雙藍眼珠，還有一對招風耳；女孩則是赤褐色的頭髮，還紮了辮子；三個小孩鼻樑上都有雀斑。

「你們是一家人嗎？」泰麗問他們。

最高的那個男孩，也就是最早出現的那個，點點頭說：「是啊！我們都姓沙德勒。我叫山姆，她是露易莎，那是奈特。」

「哇！」我說。「我們也姓沙德勒！」接著我介紹自己和泰麗。

山姆看起來並沒有覺得很意外。「這裡很多人都姓沙德勒！」他低聲的說。

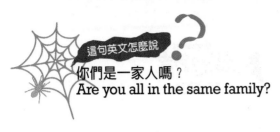

我們五個相互端詳了好一會兒。他們看起來並不很友善，所以當山姆問我要不要到海邊打水飄時，眞讓我覺得很驚訝。

於是我們跟著山姆來到水邊。

「你們住這附近嗎？」泰麗問他們。

露易莎點了點頭。「你們來這裡做什麼？」她用懷疑的口氣問道。

「我們這個月來這邊探望表親。」泰麗回答她。「他們也姓沙德勒，就住在燈塔再過去那個小別墅裡，妳認識他們嗎？」

「當然！」露易莎回答，但是臉上沒有任何笑容。「這裡是個小地方，每個人都互相認識。」

這時，我發現了一個平坦均勻的石頭，一把抓起往水面丟過去。跳了三次，眞不賴。

「你們在這裡平常都做什麼消遣？」我問。

露易莎凝視著水面回答：「我們摘藍莓、玩遊戲，或是到海邊玩。」她轉過身來面向我，「爲什麼這麼問？那你今天做了什麼？」

這句英文怎麼說

你們有沒有進去探險過？
Do you ever go exploring in there?

「還沒做什麼，我們才剛到這裡。」我皺皺眉頭。「除了被一隻蝙蝠風箏攻擊之外。」

他們聽了大笑。

「我準備拓印墓碑和蒐集野花。」泰麗說。

「在樹林裡有幾處美麗的花園。」露易莎告訴泰麗。

我看到山姆拋出一塊石頭，跳了七次。他轉過身來，咧著嘴對我笑。「熟能生巧啊！」

「住在公寓房子裡，是很難練習打水飄的！」我嘀咕。

「啥？」山姆問。

「我們住在賀伯肯。」我解釋。「在紐澤西那裡；那邊連個池塘也沒有。」

泰麗回頭指向那個洞穴。「你們有沒有進去探險過？」她問。

就在這時候，奈特開始喘氣，山姆和露易莎臉部扭曲、露出驚訝的表情。

「妳開什麼玩笑！」露易莎大叫。

「我們從不靠近那裡。」山姆一邊輕聲說，一邊看著她妹妹。

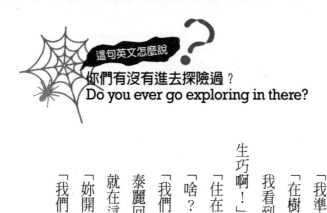

「從不？」泰麗問。

他們三個都搖搖頭。

「爲什麼不？」泰麗追問：「這有什麼大不了的？」

「是啊！」我追問道：「爲什麼你們都不靠近這個洞穴？」

露易莎張大眼睛問我們：「你相信鬼嗎？」

這句英文怎麼說

我閉著嘴沒有答話。

I kept my mouth shut.

4.

「相信鬼？才不！」泰麗告訴她。

我閉著嘴沒有答話。

我想鬼應該不是眞的，但是萬一所有的科學驗證都錯了呢？

這世上有那麼多的鬼故事，鬼又怎麼不會是眞的？

也許，這就是爲什麼有時候我身在陌生的地方時，就會感到害怕；我想我是眞的相信世上有鬼。當然啦，我不會跟泰麗承認這些的，她永遠相信科學，肯定會因此笑我一輩子。

在我若有所思的同時，那三個小沙德勒已經縮在一起了。

「不會吧？你們眞的相信鬼嗎？」泰麗問。

露易莎往前走了幾步，山姆想要拉住她，卻被她掙脫開來。「如果妳接近那個洞穴，妳可能就會改變想法。」她眯起眼睛說。

「妳是說，那裡頭有鬼？」我問。

「它們都做些什麼？晚上跑出來還是什麼？」

路易莎想開口回應，但是被山姆打斷了。

「我們現在得走了。」他說完後，拉著弟弟妹妹準備離開。

「嘿，等等！」我叫道，「我們想聽聽鬼的事情。」

他們匆忙離開了，我還聽見山姆大聲喝斥露易莎。我猜是因為她提到了鬼，所以山姆很生氣吧！

就這樣，他們消失在海邊。

接著，我們又聽到從洞穴裡傳來那又長又低沉的嗚叫聲。

泰麗瞪著我。

「那是風！」我說。我真的不相信，泰麗也一樣。

「我們何不問布萊德和愛葛莎有關洞穴的事？」我提議。

這句英文怎麼說

泰麗走到窗戶邊。
Terri turned to the window.

「好主意！」泰麗說。雖然她現在看起來有些害怕。

布萊德和愛葛莎的別墅距離洞穴只有幾步路，位置大概是在松樹林邊的最高點，往外看就可以看到燈塔。

我跑回別墅，推開厚重的木門，往起居室裡瞧。這房子已經很老舊了，舊到每次我走過下陷的地板時，就會發出嘎吱嘎吱的聲響，而且天花板又很低，低到只要我踮起腳尖，就會碰到天花板。

泰麗也跟著進來。「他們在嗎？」

「我想不在吧！」我四處張望。我們進到屋裡，經過老舊的沙發和石造的壁爐，來到狹窄的廚房。

廚房旁邊是一間舊儲藏室，我就睡那裡。二樓有兩間房間，一間是布萊德和愛葛莎的，另一間是泰麗的；從儲藏室正上方，得通過一條窄到幾乎要用爬的走廊，才到得了泰麗房間。從泰麗房間後面的小樓梯下去，就是後院。

泰麗走到窗戶邊。「他們在這裡！」她說，「在庭院裡！」

我看到布萊德正在摘番茄，愛葛莎正把衣服晾到曬衣架上。

我們爭先恐後的衝進院子。「你們兩個跑哪兒去啦？」愛葛莎問我們。她和布萊德的頭髮已經白到不能再白了，黯淡的眼神透露著疲累。他們看起來真的是又虛又弱，我想，他們的體重大概也不到一百磅吧。

「我們去海邊探險。」我回答他們。

我走過去，蹲在布萊德旁邊。他左手有兩根手指的上半部斷了，他告訴我們，那是他年輕時誤觸捕野狼的陷阱受的傷。

「我們在一些大岩石間找到一個古老的洞穴，你看過嗎？」我問。

他只哼了一聲，就繼續找熟透的番茄。

「那洞穴就在海邊那個大礁石上！」泰麗說，「你一定看過！」

愛葛莎掛在曬衣架上的床單正隨風飄動。「晚餐時間快到了。」她好像完全沒聽到我們的洞穴問題。「進來幫我一下吧，泰麗？」

泰麗望了望我，聳了聳肩。

當我轉過身來想再問一次布萊德那個洞穴時，他已經把裝滿熟番茄的籃子交

這句英文怎麼說

我一定是扳起了臉孔。

I must have a face.

到我手上。「把這些番茄拿給愛葛莎，好嗎？」

「沒問題！」於是我跟著泰麗走進屋裡，把籃子放在小小的流理台上。這間廚房真的是又窄又小，流理台和水槽在一邊，爐子跟冰箱在另一邊。這時泰麗已經在客廳幫愛葛莎佈置餐桌了。

「親愛的泰麗，」愛葛莎從廚房裡跟泰麗說話，「假如妳在找的是藍菊的話，最好的尋覓地點是燈塔再過去的那片大草地。它們現在才開花，所以妳可以去那邊摘，我相信妳可以在那裡找到很多菊花！」

「太棒了！」泰麗一如往常的熱情回應；我真不知道爲什麼花可以讓她那麼興奮。

此時愛葛莎看到了那籃番茄。「喔，這些番茄都好漂亮啊！」她拉開那個會發出喀喀聲的老舊抽屜，從裡頭拿出一把小刀。「來幫我切這些番茄，然後加在大盤綠色沙拉上好嗎？」

我一定是扳起了臉孔。

「你不喜歡沙拉嗎？」愛葛莎問我。

「也不是啦，」我說。「我是說，我又不是兔子！」

愛葛莎笑了笑。「你說的沒錯！何必爲了這些萵苣，浪費了自己種的番茄？這樣吧，我們弄簡單一點，也許加一點點調味料就好。」

「聽起來不錯！」我一邊咧嘴笑，一邊拿起刀子。

晚餐時，我一直仔細聽著愛葛莎和泰麗討論野花，看看那個洞穴的話題會不會再出現；可惜沒有。我眞不懂，爲什麼我這兩個老表親不想談這個話題。

用完晚餐後，布萊德拿出一疊舊紙牌，教我跟泰麗玩惠斯特牌；那是一種我們從沒聽說過的古老紙牌遊戲。

後來布萊德沒耐性再教我們遊戲規則，我們就開始玩牌；布萊德跟我一組，對抗泰麗和愛葛莎。每當我搞混規則，嗯，這經常發生，布萊德就會用手指在我面前晃來晃去，我想這表示他已經懶得再教我了。

玩完紙牌我們就上床睡覺了。雖然時間還早，但是我管不了那麼多了，今天眞的有夠長，眞高興終於可以休息了。雖然床很硬、羽毛枕頭也不飽滿，但我卻倒頭就睡。

這句英文怎麼說

你應該會喜歡這種植物。
You should like these plants.

隔天早上，泰麗和我到樹林裡蒐集植物和野花。

「我們又在找什麼了？」我一邊踢開成堆的枯葉，一邊問泰麗。

「錫杖花！」泰麗回答。「這種花看起來就像從地上冒出來的粉白色小骨頭；又叫腐食植物，因爲它靠其他植物的殘骸爲生。」

「噁！」我突然想到夢裡那些從地上冒出來的怪手。

泰麗笑了出來。「你應該會喜歡這種植物。」她說：「錫杖花可是植物科學上的一個謎團。錫杖花是白色的，因爲它們沒有任何葉綠素。你知道，那是一種讓植物變綠色的東西……」

「眞是有趣！」我轉著眼睛諷刺的說。不過，泰麗還是繼續解說：「愛葛莎說，錫杖花只生長在極度黑暗的地方，與其說是植物，它們更像是黴菌。」

她想了一下。「最奇怪的是，」她繼續道，「如果它們乾了，就會變成黑色，這就是我爲什麼想壓一些這種花的原因了。」

我又在樹葉間找尋了一下。我得承認，她說得讓我著迷了，我喜歡不尋常的東西。

我抬頭凝視遮蓋在頭上的厚重樹葉。「我們不可能再更深入這片樹林了，妳確定這裡就是愛葛莎說可以找到錫杖花的地方嗎？」

泰麗點點頭，她指向一棵已經傾倒的巨大橡樹。「那是我們的路標，別看丟了。」

我開始走向那棵大樹。「或許我應該靠近一點看！」我說，「那棵枯樹上也許有錫杖花。」

我站在盤根錯節的樹根旁，小心的把枯葉推開。沒看到野花，只有蟲子；真是讓人作噁。

我回頭瞄了一下泰麗，看起來她的運氣也很差。

這時我眼角餘光旁，看到有白色的柱狀物從地上凸起，我急忙趕過去查看。

那是一根從軟地上冒出來的短莖，被卷曲的葉子覆蓋住。我用力拉著那根莖，但是拔不出來。

我更用力的拉。

莖稍微被拉起了一點，也順道帶起一團軟土。

這句英文怎麼說

我找到了一具骨骸！
I found a skeleton!

我發現那並不是莖，而是某種根。

某種帶有樹葉的根。

眞是奇怪。

我又把它拉高了一點，發現它很長。

用力拉，我用力拉。

再一次用力拉這怪異的根，這回帶起了一坨很大的土堆。

我往下瞧了一眼自己弄出來的大洞——洞裡的東西讓我禁不住的尖叫起來。

「泰麗，快來！」我差點哽住，說不出話來。「我找到了一具骨骸！」

5.

「啥？」泰麗急忙跑過來。

我們不發一語的站在洞旁，目不轉睛的朝下看。

我挖出來的骨骸是蜷曲躺著的，每根骨頭都整齊的排在該在的地方，灰色骷髏頭上那兩個凹陷的眼洞，好像在凝視著我們。

「這是人……人的骨骸嗎？」泰麗結結巴巴的低語著。

「除非人類有四條腿，天才！」我回答她。

泰麗還是驚訝的望著骨骸，嘴巴張成O字型。「喔！那，這到底是什麼？」

「某種大型的動物吧！」我告訴她。「可能是頭鹿！」

我彎下腰，靠近一點看，「喔不，不是鹿，因爲有趾骨，不是蹄。」

這句英文怎麼說

這具骨骸可是非常完整的。
This skeleton is in perfect shape.

我研究著這具體型頗大且具有尖銳前齒的骨骸。我九歲時就對骨骸產生興趣，讀遍每一本有關骨骸的書籍。

「我猜是狗。」我說。

「狗？」泰麗說，「喔，可憐的小狗狗！」她凝視著那具骨骸。「你認爲牠是怎麼死的？」

「也許被其他動物攻擊吧！」

泰麗靠過來，蹲在我旁邊。「怎麼會有人想要攻擊一隻狗呢？」

「狗可是具有高含量的蛋白質喔！」我開玩笑說。

泰麗用力推了我一把。「傑瑞，我是說正經的！這裡有哪種動物會吃狗？」

「也許是狼吧，或是狐狸。」我深思了一會兒後回答。

「狼或狐狸不是多少會把骨頭咬碎，而且弄得亂七八糟的嗎？」泰麗問。「這具骨骸可是非常完整的。」

「也許是隻老狗啊！」我提出我的看法。「或是，有人把牠埋在這個怪根的下面。」

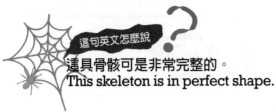

「是啊，也許牠根本沒遭到攻擊。」泰麗說。她的臉色已經恢復正常。

我們就這樣沉默的坐在骨骸旁好一陣子，想著這隻狗。

突然，一陣淒厲的動物號叫，嚇得我們跳了起來；頓時，整座森林都充滿了這種恐怖的聲響，回音還在樹木間不斷環繞。

號叫聲越來越大，我們只好遮住耳朵。

「這……這是什麼聲音？什麼東西發出這麼恐怖的叫聲啊？」泰麗尖叫。

我回頭瞪了她一眼，我也不知道。

我只知道，那個東西正朝著我們靠近。

這句英文怎麼說

我狠狠的瞪著他們。
I glared at them.

6.

號叫聲突然間停止了，就好像開始時那樣突然。

當我回過頭來，確定我們沒事時，我看到了他們。

山姆、奈特和露易莎擠在附近一棵樹後頭大笑。

我狠狠的瞪著他們。這時我才發覺，原來號叫聲是他們弄出來的。他們以爲自己是誰啊!?

他們笑了好久才停止，我眞不敢相信，他們怎麼能這麼享受自己的惡作劇！

我看了泰麗一眼，她滿臉通紅。我也感覺到自己的臉在發燙，我猜我的臉大概也紅了吧。

好不容易他們終於停止了狂笑，於是我邀他們過來看看那具骨骸。

這回輪到他們三個目瞪口呆了。

山姆眼睛睜得大大的，露易莎稍微驚叫了一下，最小的奈特則緊抓著姊姊的袖子，開始啜泣。

泰麗從牛仔褲口袋裡翻出一張衛生紙。「別害怕！」她告訴奈特，並拿起衛生紙輕輕的幫他擦眼淚。「那不是人的骨骸，只是隻狗的。」

她的話卻讓奈特嚎啕大哭。露易莎趕忙抱住奈特發抖的肩膀。「噓……沒事了！」

可是奈特就是靜不下來。「我知道這條狗發生了什麼事！」他哭訴：「是鬼殺死牠的！狗可以辨認鬼！狗看到鬼就會吠叫，發出警告。」

「奈特！」泰麗輕柔的說：「鬼是不存在的，是人假扮的。」

山姆走了過來，搖著頭說：「妳錯了！」他瞇起眼睛對泰麗說。「這片樹林裡有很多、很多骨骸，都是因爲鬼的關係。它還會把骨頭上的肉剔得一乾二淨，然後任由殘骸散佈在這裡。」

「少來了！山姆！」泰麗嘀咕著。「你的意思是說，這附近有一隻鬼囉？」

山姆看了看泰麗，但沒有回話。

「是不是？」泰麗追問。

突然間山姆的表情變了，他的眼睛睜得大大的，充滿著恐懼。「在那裡！」

他一邊指，一邊叫。「就在妳後面！」

這句英文怎麼說

就在你後面。
Right behind you.

7.

我尖叫了一聲，並且抓住泰麗的手臂。

不過我馬上知道，我們又被耍了！到底要到什麼時候才能不上山姆的蠢當？

「你們兩個太容易嚇唬了！」山姆咧著嘴笑。

泰麗把手放在臀部，瞪著山姆說，「暫停一下好嗎？你們的笑話眞是越來越癟腳了！」

所有的目光都注視著山姆。

「好好好，暫停、暫停！」他低聲的說。但仍帶著促狹的表情，我實在不知道他是不是眞的會暫停。

「山姆，告訴我們更多有關這個鬼的事。」泰麗追問道，「你說鬼殺死狗是

這句英文怎麼說

這些話一直在我腦海裡迴盪。
The words rolled through my mind.

眞的嗎？或者這只是你另外一個精采的玩笑？」

山姆踢了踢土堆。「也許下次再說吧！」他嘟囔著。

「下次？爲什麼不現在說？」我問他。

此時，露易莎開口想說點什麼——可是山姆把她拉開了。「我們走吧！」他嚴厲的說。「快點！」

泰麗被搞糊塗了。「可是我以爲……」

山姆已經拉著露易莎迅速走入林間，奈特在後頭急忙想趕上他們。

「再見！」露易莎喊著。「下回見！」

「你看到沒有？」泰麗大叫。「他們眞的相信這林子裡有鬼。他們不想談鬼，所以就跑掉了。」

我低頭看著那具排列整齊的動物骨骸。

剔乾淨。

鬼剔乾淨的。

這些話一直在我腦海裡迴盪。

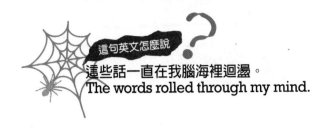

我仔細凝視著蒼白骨骸上那幾顆尖牙，然後轉回身。

「我們回別墅吧！」我自言自語。

回到別墅，我們發現布萊德和愛葛莎正坐在樹蔭下的石椅上，愛葛莎在削水蜜桃，削好的桃子放在一個大木碗裡；布萊德則在旁邊看著。

「你們兩個喜歡吃水蜜桃派嗎？」愛葛莎問。

我跟泰麗異口同聲的回答，那是我們最喜歡的食物之一。

愛葛莎微笑著說：「我們晚上就吃這個。不知道你爸爸有沒有提到過，水蜜桃派可是我的拿手好菜之一喔！結果你們找到錫杖花了嗎？」

「沒有。」我回答：「我們只找到一具狗的骨骸。」

愛葛莎開始愈削愈快，水果刀從她的拇指上面削過去，軟軟的水蜜桃就一片片滑進木碗裡頭。「我的天啊！」她咕噥著。

「什麼動物會追捕狗呢？」泰麗問，「這附近有野狼或是土狼嗎？」

「從沒看過。」布萊德很快的回答。

這句英文怎麼說

他們真是這麼說的？
Is that what the said?

「那你們怎麼解釋這具骨骸的出現呢？」我追問。「那具骨骸排得好好的，而且骨頭都被剔得很乾淨。」

愛葛莎和布萊德擔心的交換了個眼神。「我並不知道。」愛葛莎一邊說，一邊繼續削著水蜜桃。「布萊德，你知道嗎？」

布萊德前後搖晃了一下。「不知道。」

感謝幫忙，布萊德！我心想。

「我們還遇見三個小孩。」我跟他們提到山姆、奈特和露易莎。「他們說他們認識你們。」

「沒錯。」布萊德回答：「是鄰居。」

「他們告訴我們，一定是鬼殺死了那隻狗。」

愛葛莎放下水果刀，把頭往後靠到椅背上，輕柔的笑了笑。「他們眞是這麼說的？我的天，那些孩子是逗你們的，他們喜歡編造鬼故事，尤其是那個最年長的男孩山姆。」

「我也是這麼想。」泰麗說，還望了望我。

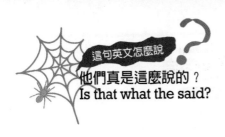

愛葛莎點點頭說：「他們是好孩子，你們以後應該邀請他們一起做點什麼，或許可以一起去摘藍莓。」

布萊德清清喉嚨，用他蒼白的眼睛打量著我。「你太聰明了，才不會上鬼故事的當，是不是啊？」

「我想是的。」我不太確定的回答。

接下來的整個下午，我們都在幫布萊德清除庭院裡的雜草。除草本來應該一點也不恐怖，但是自從布萊德教我們分辨好的和不好的植物以後，我們就拿跟他借來的特製除草工具，剷除這些「壞蛋」。

那天晚上的點心是水蜜桃派，還眞是好吃！愛葛莎和布萊德則要我們講講學校和朋友的事。

晚餐後，布萊德拿出紙牌，要我們再次挑戰惠斯特牌。這回我玩得好多了，布萊德只跟我晃幾次手指而已。

晚上我難以入睡。

這句英文怎麼說

我躺了回去。
I lay back down.

我那廚房邊小小房間的窗戶上，掛著長長的白色棉製窗簾。因爲窗簾太薄了，滿月的月光透過窗簾照到我臉上，就好像盯著手電筒看一樣。

我本來想用枕頭把臉蓋住，但這樣就沒辦法呼吸了，於是我把手臂放在眼睛上面。但是手臂睡著了，眼睛還是沒睡著。

後來，我用床單蓋住臉。

好多了！我閉上眼睛，外頭的蟋蟀正發出鳴叫聲。

這時，我聽到有東西撞到外牆，砰然作響。

大概是樹枝吧！我告訴自己。

又是砰的一聲，我在床上滑了一下。

聽到第三聲砰時，我深呼吸了一下，然後坐起身來，掀開床單。

我小心的看看房間四周。

沒東西，沒事，閉嘴！

我躺了回去。

這時，門邊的地板發出吱吱嘎嘎的聲響。

我跑到窗戶邊。

窗簾後面有東西在動。

白白的東西，好像鬼魅似的。

地板又開始嘎嘎作響，白白的人影開始朝著我走過來！

這句英文怎麼說

我從床單縫裡偷偷望出去。
I peeked out from the sheet.

8.

我驚慌的張大了嘴，迅速用床單蓋住頭。

這時房間恢復平靜，而我全身還顫抖個不停。

鬼跑哪去了？

我從床單縫裡偷偷望出去。

結果看到泰麗站在窗簾後面。「逮到你了！」她低聲說。

「妳這個卑鄙的傢伙！」我差點岔了氣。「妳怎麼可以這樣對我？」

「簡單！」她咧著嘴回答：「連篇鬼話把你嚇到了，不是嗎？」

我用氣急敗壞的咆哮代替回應，心臟還在胸腔裡怦怦急跳著。

泰麗走進來，坐在床邊，把睡袍拉緊些，「我本來下樓想跟你講話，卻看到

你把床單蓋在頭上，看到這一幕，就忍不住要嚇嚇你。」

我瞪了她一眼。「下次去找一個跟妳個頭差不多的，行嗎？」我生氣的說，「我用床單蓋頭，是因爲我睡不著！」

「我也是。」泰麗說：「我的床墊有夠凹凸不平的！」她朝窗外望出去。「而且我想到了那隻鬼。」

「嘿，妳不是不相信鬼嗎？」我強調。

「我知道，我眞的不相信有鬼；可是山姆、露易莎和奈特顯然相信。」

「所以呢？」

「所以我想知道爲什麼。你不想知道嗎？」

「不太想。我才不在乎能不能再見到他們三個咧。」我說。

泰麗打了個哈欠，繼續說，「露易莎看起來不錯，比山姆友善多了。如果我們試著問她，她應該會告訴我們更多有關那隻鬼的事；她今天白天幾乎就要說出來了。」

「泰麗，我實在不相信妳。」我一邊回答，一邊把床單拉到下巴。「妳沒聽

這句英文怎麼說

你還真是沒用。
You're such a wimp.

愛葛莎說嗎？山姆喜歡捏造故事！」

「我想，這並不是故事。」泰麗說：「我知道我是我們家比較相信『科學』的人，但我認爲事有蹊蹺，傑瑞！」

我並沒有回答，因爲我腦海中浮現了那具骨骸。

「我準備明天再問他們一次有關那隻鬼的事！」泰麗說。

「妳怎麼知道他們明天會不會出現？」

泰麗狡猾的笑著說：「他們遲早會出現的，你沒發現嗎？不管我們到哪裡，他們都會在那裡。」她停了一下，然後繼續說：「你覺不覺得他們是在跟蹤我們？」

「希望不是。」我說。

泰麗笑了。「你還眞是沒用喔！」

我拿起被子丟她。「才不咧！」

泰麗開始逗我。「沒用！沒用！沒用的傢伙！」

我抓住她的手臂，施展出擒拿術，扭住她的手；這回換我開始逗她。「把話收回去！」我說。

「好啦、好啦！」她大叫。「我不是故意的！」

「絕不再說我是沒用的傢伙？」

「絕不了！」

當我一放開她的手，她馬上跑到門邊，「明早見，沒用的傢伙！」然後就跑離了廚房。

隔天早上吃早餐時，愛葛莎問道：「你們兩位小朋友今天打算做什麼啊？」

「去游泳吧。」我邊回答，邊看看泰麗，「到海灘那邊。」

「小心那邊的海浪！」布萊德警告我們，「那邊的海浪猛到可以讓大人站不住喔。」

泰麗跟我互望了一眼，我們之前從沒聽過布萊德同時講兩句話，這還是頭一遭呢。

「我們會小心的！」泰麗向他保證。「我們可能多半是在玩水，不是游泳。」

這句英文怎麼說

我看到下面有一大堆東西。
I see tons of stuff in here.

愛葛莎交給我一個砰砰作響的鐵桶。「也許可以撿一些海膽或海星回來。」

幾分鐘後，我拎著桶子和幾條舊海灘巾，和泰麗沿著蜿蜒的小徑往下走向海邊。沿途攀爬岩石上下，直到接近沙灘，到那個洞穴附近才停止。

我們從一塊巨石上滑下，再爬過四塊較小的岩石，最後來到一個長滿青苔的寬廣水窪。這是潮水退去之後形成的水窪，水深約三呎，大小跟一個兒童泳池差不多。

「哇，傑瑞！」泰麗大聲嚷嚷著，一邊緊盯著水窪。「我看到下面有一大堆東西！」

她把手伸進那看起來又綠又黏的水裡，撈出了一隻海星。「好小的海星！比我的手掌還小，牠可能還是小嬰兒吧！」

她把海星翻過來，海星腳不停的扭動著。「哈囉，可愛的小海星！」她唱起歌來。

眞噁心！

「我去拿鐵桶過來好嗎？」說完我轉身爬到我們放東西的石頭上拿鐵桶。

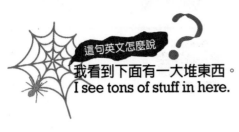

你猜誰蹲在旁邊端詳我們的東西？就是那個偷窺狂山姆！

「找到什麼好東西了啊？」我酸溜溜的說。

山姆慢慢把目光移上來。「我在想這是誰的毛巾呢。」他回答得很隨性。

露易莎和奈特則在岩石上面跳來跳去。

「泰麗在哪裡？」露易莎問。

我作勢往水邊走。「在下面的水窪邊！」我邊回答，邊拿起桶子。

他們隨著我一起下來，泰麗一看到我們，臉上馬上堆滿笑容；看的出她很高興見到露易莎他們。

「來看看我在這裡發現的酷玩意兒！」她說。

泰麗把抓到的小海星、兩隻海膽，和一隻寄居蟹放在平坦的大石頭上，一字排開。

我們擠成一團，爭相觀賞泰麗抓起那隻小海星。「牠的腳可不可愛？」她問奈特。

奈特只是咯咯的傻笑。

這句英文怎麼說

我們花了點時間檢視所有的東西。
We spent a few minutes examining everything.

我們花了點時間檢視所有的東西。

奈特快速背誦起他所知道有關螃蟹的一切，最後露易莎不得不打斷他。

「我想聽更多有關那隻鬼的事！」泰麗冷不防的開口問露易莎。

「也沒什麼好講的。」露易莎輕輕的答道，不過眼睛倒是緊張的望向山姆。

山姆是不是警告過妹妹，不可以再多說這件事？

可是泰麗卻不放棄，「那隻鬼住在哪裡？」她質問。

露易莎和山姆又交換了一下眼神。

「快點啊，各位！它總有什麼地方住吧？」泰麗繼續挑釁。

這時奈特目不轉睛的望向海灘和那個洞穴，海風吹拂著他細緻的金髮。突然他伸出手，打死一隻停在手臂上的綠色蒼蠅。

「那隻鬼住在海灘？」泰麗問。

奈特搖搖頭。

「住在洞穴裡！」我瞎猜。

奈特突然緊閉雙唇。

「我想應該是，」泰麗說：「住在洞穴裡。」她一邊說嘴角還閃爍出得意的微笑。「還有呢？」

奈特的臉脹得紅紅的，趕忙躲到露易莎身後。「我不是故意說出來的！」他低聲說。

「沒關係！」露易莎摸摸奈特的頭，然後轉過身來對我們說：「那鬼已經很老了，沒有人見到它跑出來過。」

「露易莎！」山姆嚴厲的喊道：「我眞的認爲我們不應該講這些！」

「爲什麼不？」露易莎大聲回嘴。「他們有權知道！」

「可是他們根本不相信有鬼！」山姆堅持。

「嗯，也許你可以改變我的想法。」泰麗回答，「你們確定那裡有鬼嗎？你們見過嗎？」

「我們曾經看過骨骸。」露易莎嚴肅的說。

奈特小心翼翼的把頭從露易莎的身後探出來。「那個鬼只在滿月時才會出來。」他說。

這句英文怎麼說

我不是故意說出來的。
I didn't mean to tell.

「這點我們不確定。」露易莎更正。「它已經在那個洞穴裡很久、很久了，有人說已經有三百年了。」

「可是如果妳沒看過它，」我說。「妳怎麼知道它住在洞穴裡呢？」

「因爲裡頭有一道忽隱忽現的光！」山姆回答。

「一道光？」我不滿的喊道。「你嘛幫幫忙！那可能是任何的東西。可能是有人在裡頭拿著手電筒。」

露易莎搖搖頭。「不是那種光；那跟手電筒的光不同。」

「呃，一道忽隱忽現的光，和一具狗的骨骸，是不足以說服我的。」我說：「我認爲你們只是想再嚇我們一遍，這次我不會上當了。」

山姆沉下臉來說道：「沒關係！」他嘀咕著說：「你不需要相信，眞的。」

「我確實不相信！」我堅持著自己的看法。

山姆聳聳肩。「那祝你玩得開心！」他輕聲說。然後領著弟弟妹妹走回林子裡去。

等到他們走得不見人影了，泰麗從旁捶了我一下。「傑瑞，你幹嘛那樣！我正要開始從他們身上套出眞相來耶！」

我搖了搖頭說：「妳看不出來他們又想嚇唬我們了嗎？沒有鬼！這只是另一個愚蠢的笑話！」

泰麗狠狠的瞪著我，低聲的自言自語：「我可沒那麼確定。」

我抬頭注視那個巨大的黑色洞穴，雖然陽光很溫暖，我還是感覺背脊一陣寒氣。眞的有隻老鬼在裡面嗎？

我眞的想知道嗎？

愛葛莎煮了盤很棒的雞肉派作爲晚餐，除了豌豆和紅蘿蔔以外，我把我的份吃得一乾二淨。沒辦法，我就是不喜歡吃蔬菜。

我跟泰麗在晚餐後幫忙愛葛莎洗碗盤時，愛葛莎問我：「傑瑞，我的海灘巾好像少了一條，你早上是不是拿了兩條出去？」

「大概是吧。」我回答。

「你是不是掉了一條在海灘上？」泰麗問。

這句英文怎麼說

這只是另一個愚蠢的笑話。
It's another dumb joke.

我試著回想。「應該沒有吧，我可以回去那邊看看。」

「別麻煩了！」愛葛莎說：「天色越來越暗了，明天再去就好了。」

「我不介意啊！」我告訴她。愛葛莎還來不及說什麼，我就放下擦碗盤的毛巾，以迅雷不及掩耳的速度從後門衝出去。

有個理由可以逃離廚房眞是太好了。那個又窄又小的廚房快把我悶死了，小到連要轉個身都很困難！

我沿著往海灘的小徑走，心想終於有機會獨處了。其實跟泰麗在一起很好，尤其她又是我妹妹；我們兩個相處得很好，不過有時候我還是希望可以獨處。

我找到早上待過的那塊大石頭，但是沒看到海灘巾。我心想也許山姆拿去了；也許他計畫掛在頭上裝鬼，然後撲到我們身上。

我又抬頭望了望那個大洞穴，在藍黑色的天空襯托下，洞穴顯得特別黑暗。

「啊？」

我眨了眨眼，往前走了一步。

洞穴裡出現了閃光？

我又走近了一步。那一定是月光反射，再折射到松樹上。

不，我發現那不是月光。

我繼續往前走了幾步，視線一直不離那道閃光。從洞口發出的那道光十分蒼白，白得跟鬼一樣。

山姆，我告訴自己，對！一定是山姆。他一定就在那邊點著火柴，希望我會上他的當。

我該不該爬到那邊？

正當我往洞穴口繼續前進時，我的球鞋陷到沙堆裡去了。

那道閃光仍在洞口閃爍不定，還不時在洞口附近盤旋。

它就這樣漂浮、閃爍，好像在跳慢舞一樣。

我該不該上去？我問自己。

該不該？

9.

是的，我是應該爬上去！

因爲那道閃光越來越亮，好像是在召喚我一樣。

我深呼吸了一口氣，然後跳過水窪和一些長滿苔蘚的岩石，開始往上爬。

首先來到了洞穴正下方；這洞穴就好像鑲嵌在巨石之間。我不斷的跳過、爬過濕滑的小石塊，直到抵達下一塊大巨石。

昏黃月光照在這些岩石上，讓洞穴更加清晰可見。奈特之前是怎麼說到月光的？好像是說滿月的時候那鬼就會出來的樣子？

我攀到下一塊岩石，繼續向上爬。

那道鬼似的閃光好像就在我頭上，漂浮在洞穴入口。

這句英文怎麼說？

我又走近了一步。

I took another step.

我繼續不斷向上爬，爬過被晚露沾濕又凹凸不平的石頭。

「噢！」我感覺腳踩了個空，不由自主的叫出聲來。原來在我腳邊發生了一次迷你山崩，許多小石頭和沙土從我身後滑落到山丘下。

就在千鈞一髮之際，我抓住了岩縫間一枝厚實的樹根，這才有充分的時間站穩腳步。

呼！過了好一會兒我才喘過氣來。

接著我站上一塊堅固的大石頭，並抬頭凝視那個洞穴。現在洞穴就在我頭頂上，大概只剩十呎左右的距離吧！

這時我站起身來，倒抽了一口氣。

哇，背後是什麼東西這麼吵？

我一動也不動的站著，等待著，聆聽著。

是其他人在那裡嗎？是那個鬼嗎？

我還來不及想清楚，一隻又冰又濕的手冷不防的掐住了我的脖子。

10.

我拚命要發出聲音，掙扎著想轉過身來。

此時那隻手稍微鬆開了。「噓……」泰麗小聲的說：「是我啦！」

我不禁大聲咆哮。「妳做什麼啦？」

「好了啦！」她吼了回來。「那你又在做什麼？」

「我……我在找那條不見的海灘巾啊！」我支吾其詞。

泰麗大笑。「我看你是在找那個鬼吧，傑瑞，承認吧！」

我們的視線不約而同往上朝向那個洞穴瞄。「妳看到那道光了嗎？」我小聲的問。

「啊？什麼光？」泰麗追問。

「在洞穴裡閃個不停的光啊！」我不耐煩的回答，「妳是哪裡有毛病啊？是不是眼睛不好，需要眼鏡？」

「抱歉，我沒看到任何光。」泰麗堅持她沒看到。「洞穴完全是暗的。」

我盯著洞口，想從完全的黑暗中看到光線。

泰麗說的沒錯，洞穴裡那道閃爍不停的光消失了。

當天晚上我躺在床上時，試著運用自然課老師漢崔克先生教我的「批判式思考技巧」：「這就是你要把所有知道和不知道的事實整理出來，然後畫出一個邏輯推論圖的時候了！」

所以我自問：我已經知道的是什麼？

我知道，我確實看到一道光，然後那道光消失了。

那合理的解釋是什麼？是眼睛的錯覺？是我憑空想像的？還是山姆搞的？

窗外傳來一陣狗吠聲。

我心想，奇怪了，我記得從沒看過任何一隻狗出現在附近啊！

這句英文怎麼說

我沒看到任何光。
I don't see any light.

於是我用枕頭遮住耳朵。

但是狗吠聲越來越大，而且越叫越起勁，好像那隻狗就在我的窗外。

我坐了起來，聽了一下那狗吠聲。

我想起了奈特說的，狗可以分辨出鬼來。

是不是因爲有鬼，所以狗吠得如此興奮呢？

那隻狗發覺有鬼出現了嗎？

我不禁打了個寒顫，然後爬下床，躡手躡腳的走到窗邊。

我偷偷從窗縫裡瞄了一下地面。

沒有狗啊？

我豎起耳朵。

吠聲停止了。

只有蟋蟀的唧唧聲和樹木的沙沙聲。

「來這裡啊，狗狗！」我輕聲叫道。

沒有任何回應，這讓我又打了幾下哆嗦。

這回是寂靜無聲。

這裡到底發生了什麼事？

「噓……你會嚇跑牠們的！」泰麗小聲的說。

早上的太陽仍舊像顆火球般，低低的掛在天空中。而我們正在接近前幾天泰麗發現的海鷗鳥巢。

賞鳥是泰麗．沙德勒的嗜好第三號。不像嗜好第一、二號拓印墓碑和蒐集野花，只要待在我們家的窗戶邊，就可以滿足這項嗜好。

在距離鳥巢大約十五呎遠的地方，我們蹲下來觀察，海鷗媽媽正試著把牠的三隻小海鷗寶寶趕回鳥巢；牠發出嘎嘎的嘈雜叫聲，把海鷗寶寶一會兒趕到這邊，一會兒又趕到另一邊。

「這些海鷗寶寶眞的好可愛喔！」泰麗小聲的說。「牠們看起來就像是毛茸茸的灰色填充玩偶，不是嗎？」

「事實上，牠們讓我想到了老鼠！」我回答。

這句英文怎麼說

牠們讓我想到了老鼠。
They remind me of rats.

泰麗用她的手肘頂了我一下。「你別那麼噁心行不行？」

我們兩個靜靜的看著海鷗好幾分鐘。「再跟我說一次昨晚狗吠的事。」泰麗開口說道，「眞不敢相信我居然沒聽到。」

「沒什麼好說的啦！」我煩躁的回答，「我走到窗邊時，聲音就停止了。」

這時，我看到那三個沙德勒家的小孩穿著短褲和背心，光著腳在海灘上走動。我跳起身來，緩步走向他們。

「你急什麼？」泰麗在我身後叫喊著。

「我想告訴他們那道閃光的事。」我大聲回應。

「等一下！」泰麗一邊大叫，一邊爬行過來。

我們在佈滿岩石的海灘上，朝著那三個小孩蹣跚而行。我看到山姆手拿著幾支老舊的釣竿，而露易莎則提了一個裝滿水的水桶。

「嗨！」露易莎熱情的向我們打招呼，並放下手中的水桶。

「有抓到什麼嗎？」我問道。

「沒有！」奈特回答。「我們還沒開始釣魚。」

「那水桶裡裝了什麼？」我問。

奈特把手伸進水桶，拿出一尾銀色的小魚。「邦克魚，我們把牠當作魚餌。」

我屈身朝桶子裡瞧，看到了好多隻小小銀灰色的魚兒，在裡頭游來游去。

「哇！」

「要一起來嗎？」露易莎問。

泰麗和我互望了一眼。釣魚聽起來挺有趣的，而且我們可以藉此找機會，不經意的問他們有關洞穴裡閃光的事。

「當然！」我說：「爲什麼不？」

我們跟著他們，沿著沙路往下走到水邊一個隱蔽的地方。「在這裡，我們通常都有好運氣。」山姆說。

他從水桶裡抓起一隻魚餌，接著用腳抵住釣竿使其穩定，再熟練的把魚餌穿在釣鉤上，然後把釣竿交給我，魚餌還在釣鉤上翻來翻去。

「要不要試試看？」他問。

我心想，現在他怎麼突然對我這麼好？是露易莎已經說服他了？還是這又是

這句英文怎麼說

在這裡，我們通常都有好運氣。
We usually have good luck here.

他另外一次惡作劇。

「當然，我來試試！」我說。「我該怎麼做？」

山姆先示範怎麼把釣魚線拋出去，而我的第一次嘗試並不怎麼樣，線大概落在離海岸一呎遠的地方。

山姆大笑，接著再次幫我拋線。「不用擔心，」他邊說邊把釣竿交回給我。「學會拋魚線，要經過很多次的練習。」

現在這個山姆和我們之前見到的山姆大不相同。也許得經過一段時間後，他才會變得比較友善吧！我這麼告訴自己。

「現在我該怎麼做？」我問他。

「繼續把線拋出去，然後絞回來。」他說：「如果你感覺到有拉力，馬上大喊。」

山姆接著轉向泰麗。「妳要不要也試試？」他問。

「當然要！」她回答。

於是山姆開始幫泰麗從水桶裡抓魚餌。

「沒關係，」泰麗說，「我可以自己弄。」

山姆往後退了幾步，讓泰麗自己來。我想她一定是想要炫耀，我以前可從沒看她逗過活生生的魚，她很討厭濕濕黏黏的東西。

泰麗想靠自己的力量拋出魚線，我正準備指責她炫耀時，她的魚線卻勾到我們頭頂的樹枝上。

看到這幕，每個人都忍不住笑了出來。尤其魚餌還從釣鉤上脫落，掉在泰麗的頭髮上；泰麗不禁大聲尖叫，一邊舞動手臂，一邊使勁的把魚餌丟到水裡。

山姆笑倒在岩石上，其他人也都笑到癱在平坦的大岩石上。

這似乎是帶出洞穴話題的好時機。「你們猜怎麼著？」我開始帶出洞穴的話題：「昨天晚上我到海灘那邊，看到你們說的那個洞穴裡的閃光了！」

山姆臉上的笑容瞬間消失。「你看到了？」

這時露易莎眼睛睜得大大的，擔心的問：「你……你沒有進去吧，是不是？拜託，說你沒有！」

「沒有，我沒有進去。」我告訴他們。

這句英文怎麼說

這三個小孩真的很害怕。
These three kids really were frightened.

「那眞的很危險！」露易莎說，「你不應該爬到那裡去，眞的！」

「是啊，眞的很危險！」山姆的眼神看起來幾乎要發火了。

我瞥了泰麗一眼，我看的出她在想什麼。這三個小孩眞的很害怕，不過他們不想承認，甚至不想談論這件事。

可是他們確實很怕那個洞穴。

爲什麼呢？

只有一件事我可以確定，那就是：我一定要查個水落石出！

11.

晚餐時，我們一起坐在客廳的圓桌上。布萊德正用餐刀把一排排的玉米粒弄下來。他試著要把那一粒粒的小東西鋸下來，這樣他才能用叉子吃。

「布萊德……呃……我在想，那個洞穴……」我開始提出洞穴的事，一邊若無其事的晃動著銀色餐具。

我感覺到泰麗在桌子底下用腳踢我。

「那裡怎樣？」布萊德問。

「呃……嗯……最奇怪的是……」我開始吞吞吐吐。

愛葛莎迅速的轉過頭來。「你沒有進去那個洞穴吧，對不對？」

「沒有！」我回答。

這句英文怎麼說

我感覺到泰麗在桌子底下用腳踢我。
I felt Terri's foot nudge mine under the table.

「你真的不能進去那個洞穴。」她警告，「那裡不安全！」

「嗯，那正是我要說的！」我繼續說，每個人都停下刀叉。「昨晚我去海邊找海灘巾的時候，看到洞穴裡面有一道光閃個不停，你們知道那是什麼嗎？」

布萊德嚴厲的看著我。「那只是你眼睛的錯覺！」他簡單扼要的說明，接著繼續鋸他的玉米粒。

「我不明白，」我告訴他，「你的意思是？」

布萊德放下手上的玉米，耐心的回答，「傑瑞，你聽過北極的光吧？就是北極光？」

「聽過啊！」我說，「但是……」

「那洞穴裡的光線，就跟北極光一樣。」他打斷了我的話，再次拿起玉米。

「喔！」我只好轉向愛葛莎，希望她可以幫我解開這個謎團；結果，她幫我了……

「每天特定的時間，洞穴裡都會發出閃光。」她解釋，「有時候，天空中產生電力，整個天空就會被這些電子光照得發亮。」

接著她把整碗馬鈴薯泥端過來。「還要馬鈴薯嗎？」

「好，謝謝！」

我感覺泰麗從對面又踢了我一下。我對著她搖搖頭，布萊德和愛葛莎錯了，那不可能是北極光，那道閃光是從洞穴裡，不是天空中發出的。

他們是搞錯了？

還是故意要騙我的？

晚餐後，泰麗和我來到了海邊，一縷一縷的烏雲逐漸遮住了滿月。當我們走過遍佈石礫的沙灘時，我們的影子也隨之拉長，並且轉移到我們面前。

「他們騙人！」我堅持道，一邊把手用力擠到褲袋底。「布萊德和愛葛莎一定是在隱瞞什麼，他們不想讓我們知道有關洞穴的事！」

「他們只是擔心，」我妹妹回答，「他們不希望我們去那裡受到傷害，他們覺得有責任，而且……」

「泰麗，快看……」我大叫，指了指洞穴的方向。

這句英文怎麼說

他們不希望我們去那裡受到傷害。
They don't want us to get hurt up there.

這一次泰麗也看到了那道閃光。

當那道光從我們頭頂上漂浮出來時，烏雲遮住整個月亮，天空頓時變暗。

「那不是北極光！」我小聲的說：「是有東西在上面。」

「我們去查看一下吧！」泰麗小聲的回應。

我們還搞不清楚自己在做什麼之前，就已經開始攀爬岩石，要往那個洞穴的方向爬上去。那種感覺，就好像是被磁鐵拉過去一樣。

我必須更接近一點，近到可以看清楚造成那道奇怪閃光的原因！

海浪在我們身後沖向最下層的岩石，打在岸上之後，浪花四散開來。

我們幾乎已經來到洞口。我回頭望去，看到海灘已經在下面很深的地方了。

至於那道閃光還在洞口漂浮，閃爍不停。

我們爬過最後幾塊石頭，然後站起身來。這才發覺我們正站在一塊大礁石上，那個黑暗洞穴隱隱約約就豎立在我們前面。

我凝視著洞穴通道。

這個洞穴到底有多深？我實在看不出來。

我斜睨著那朦朧的光線，好像看到了一條通往另一頭的隧道。

我又走近一步，泰麗則緊緊跟在我旁邊，她臉上充滿驚恐，緊咬著下唇。「然後呢？」她壓低了聲音問。

「我們進去吧！」我回答。

12.

當我們一步步走進黑暗，我的心臟也越跳越快，洞穴中平滑潮濕的地面，讓我們走起來滑溜溜的。

我還差一點被洞穴裡酸臭發霉的氣味嗆到。

「嘿！」泰麗冷不防的抓住我的手臂，讓我不禁大叫。

「那道光，快看！」她小聲的說。

那道光在洞穴深處閃爍著。

我們兩個緊緊靠在一起，往前又走近了幾步。鞋子踏在地上發出吱嘎聲響，洞穴裡的空氣也越來越暖。

「這……這是條隧道……」我結結巴巴的說。

這句英文怎麼說

我們進去吧！
Let's go in.

洞穴越來越窄，而且彎彎曲曲，模糊的閃光在角落閃爍不止，看起來應該是從更深的地方照射出來的。

我用力嚥了口口水說，「我們再走進去一點。」我催促著泰麗。

泰麗在我身後磨蹭。「那個隧道看起來怪可怕的！」她很小聲的說。

這時，我聽到前方傳來一陣輕柔的啾啾聲。

「我們都走到這裡了，」我繼續催促泰麗。「何不再走進去一點呢？」

於是我們壓低身體，跟隨著那道閃光走進隧道。我聽到附近傳來滴滴答答的水滴聲，空氣越來越暖和，霧氣也越來越重。

隧道稍微彎曲了一下，突然間通道大開，映入眼簾的，是一處寬廣的圓形空間。

啾啾聲這時又響起，於是我停下了腳步。那是一種鳥拍打翅膀的輕柔聲音，而且聲音越來越大。

「那是什麼噪音？」泰麗大叫。

刺耳的叫聲弄得整個洞穴充滿回音。

這句英文怎麼說

泰麗在我身後磨蹭。
Terri lingered behind me.

我還來不及回答泰麗，噪音已經大到變成震耳欲聾的撞擊聲。

「不……！」我的叫聲被驚懼的吼聲蓋住。

我及時的抬頭，驚見黑漆漆的洞穴頂已經碎裂，就要掉到我們頭上了。

13.

「不……！」

我跌坐在潮濕的洞穴地面，嚎啕大哭起來，並且用雙手抱住頭部，等著洞穴塌陷下來打到自己。

而那陣刺耳的噪音仍然在四處縈繞著，那是一種極爲尖銳的呼嘯聲，足以蓋過所有聲音。

我的心跳加速，眼睛朝上望了一下，我看到了蝙蝠！

數以千計的黑蝙蝠振動著翅膀，在小小的圓形空間裡面盤旋，時而低空俯衝，時而盤繞遠離。

是蝙蝠，不是屋頂塌下來！

這句英文怎麼說

只有幾呎之遙。
Just a few feet farther.

原來我跟泰麗進了蝙蝠的巢穴，吵醒了牠們。牠們不停的發出尖銳的嘶嘶聲，還瘋狂的在我們頭頂上俯衝。

「我……我們快離開這裡！」我一邊大叫，一邊把泰麗拉起來。「我討厭蝙蝠！」

「這就是爲什麼布萊德和愛葛莎警告我們遠離洞穴的原因！」泰麗大聲叫喊，好蓋過蝙蝠的振翅聲響。

我們本來要轉身離開，但看到圓室遠端的閃光時，我們停下腳步。

只有幾呎之遙！如果我們能夠再走進去一點，就可以解開一切的謎團了。

而且，以後就不用再去想那些閃光什麼的事了。

「來吧！」我大叫，一邊抓住泰麗的手，使勁的拉著她。

蝙蝠這時還在我們頭上盤旋、俯衝，不停發出啪啪的振翅聲和嘶嘶的吼聲。

所以我們必須放低身子，好從下面跑過去。

終於來到圓室遠端的牆面，我們進入另外一個又窄又彎的隧道。我緊靠著隧道壁，把自己往隧道裡擠，同時還緊握著泰麗的手。

那蒼白的光越來越亮。

我們越來越近了！

這條隧道通到了另外一個碩大的空間，和之前那個圓室差不多大，我們必須用手擋住眼睛，因爲這個空間的入口發出了明亮的閃光。

我往裡面慢慢走了幾步，然後稍微把手指打開，讓眼睛慢慢適應亮光。

我看到了！

是蠟燭！好多好多白色的短蠟燭，固定在四周凸起的岩石上。

這些蠟燭全部被點著了，所以都發出了閃光。

「這就是爲什麼洞穴會發光的原因了。」我小聲的說，「閃爍的燭光。」

「這並沒有解釋任何事。」泰麗抗議。燭光造成的影子飛舞般的映在她蒼白的臉上。「是誰把蠟燭放在這裡的？」

就在此時，我們同時看見了那個人。

那是一個有著一頭長得像繩子一樣的白髮及鷹勾鼻的老人，他縮成一團，坐在一張浮木製成的粗糙桌子邊上。

這句英文怎麼說

那蒼白的光越來越亮。
The pale light grew brighter.

由於他十分蒼白，又非常的瘦削，那破舊的襯衫就像只是鬆鬆垮垮的披掛在他身上似的。他的眼睛是閉著的，在閃爍的燭光照射形成的影子裡，老人好像忽隱忽現一般。

彷彿他就是閃光的一部分。

鬼影幢幢閃光的一部分。

我和泰麗都呆住了，就這樣盯著他看。他看見我們了嗎？他還活著嗎？他是不是鬼？

這時他睜開了眼睛，一雙又大又黑的眼睛深陷在他的眼眶之中。

他轉了過來，用他那雙可怕深邃的眼睛凝視著我們。

他慢慢的彎了彎他那骨瘦如柴的粗糙手指。「過來這裡！」他的聲音又乾澀又低沉，彷彿像個死人似的。

我們還沒開始移動，他已經從椅子上站起來，向我們走過來。

14.

我很想跑開，可是我的腳像是牢牢的黏在地上一樣。彷彿有個像鬼一樣的傢伙，把我扣住，讓我沒辦法逃跑。

泰麗低沉的叫了一聲，從背後撞了我一下。

我想她是絆了一下吧！可是這一撞，讓我們兩個得以移動。

我往後看了那個蒼白、忽隱忽現的老人最後一眼，他骨瘦如柴的身型，還在駭人的燭光中閃爍不停。

他朝我們走了過來，他的嘴巴扭曲，齜牙咧嘴的樣子十分怪異，陰暗的眼睛就像雪人臉上的兩個黑洞一樣，空洞的盯著我們。

說時遲那時快，我們轉身沒命的狂奔。

這句英文怎麼說

我踩到一塊凸起的石頭。
I stumbled over a jagged rock.

泰麗搶在我的前面，用跑百米的速度通過隧道。球鞋踏在溼地上發出聲響，雖然有幾次差點要滑倒，我仍竭盡所能的好跟上她。

我感覺腳上好像綁了千斤重物一般，血液在我的太陽穴裡拚命竄動。我覺得頭好像就要爆炸了！

「快點跑！快！快！」我一路狂喊。

又回頭看了一眼。

他追來了！

「喔，不……」我尖叫。

我不該回頭看的。

因爲我踩到一塊凸起的石頭，整個人趴倒在硬地上。

手肘和膝蓋重重的摔在地上。

爲了喘一口大氣，我轉身過來。

就在這時候，我看到了那雙骨瘦如柴的手，伸過來要掐住我的咽喉。

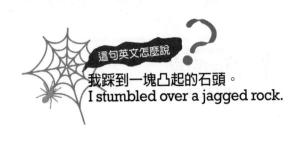

15.

我不由得發出驚嚇的狂叫，快速的匍匐前進，踉蹌的躲過那伸長而來的瘦骨嶙峋的雙手。

就在前面不遠處，泰麗驚恐的看著這一幕，嘴巴還張得大大的，眼裡充滿了驚懼。

那隻鬼不但伸出雙手，還發出陣陣的呻吟。

不知怎麼的，我突然又有力氣跑了。

於是我們一起狂奔，跑過那條又窄又彎的隧道，經過剛剛吵得要死現在卻安靜空蕩的蝙蝠洞。

然後，我們跑到了洞口。

這句英文怎麼說

我們沿著海岸繼續跑。
We ran along the shore.

我們繼續連滾帶爬的從潮濕的巨石堆逃下來，再下到月光照耀的岩灘上。

這中間，我還是忍不住回頭望了一次。

我看到洞口已經恢復黑暗，而且比夜空還要暗。

我們沿著海岸繼續跑，緊接著進入了松樹林。回到別墅時，已經是氣喘如牛、上氣不接下氣了。

我推開門，步履蹣跚的跟在泰麗後面，然後重重的關上門。

「泰麗、傑瑞，是你們嗎？」愛葛莎的聲音從廚房裡飄了出來。她走了過來，一邊用格子花紋的盤巾擦乾手。

「如何？」她問：「你們找到了嗎？」

「啊？」我呆呆的望著她，但仍有些喘不過氣來。

我們找到鬼了嗎？

這就是愛葛莎想要問的嗎？

「你們找到了嗎？」愛葛莎又問了一遍。「你們找到海灘巾了嗎？」

頓時，我跟泰麗都如釋重負的笑了出來，只剩愛葛莎一臉困惑的看著我們。

那天晚上，我怎麼樣都睡不著，因爲那個鬼的樣子不斷在我腦海裡浮現；它那細長如繩的白髮，深邃的眼睛，還有朝著我伸過來如枯枝般的手指。

我一直在想，泰麗和我沒有把事實眞相告訴愛葛莎和布萊德到底對不對。

「我們進了那個洞穴，結果只招來麻煩。」我告訴泰麗。

「不管如何，他們大概都不相信我們。」泰麗補充道。

「而且，我們何必要惹他們生氣呢？」我說。

「他們對我們這麼好，我們卻違背他們的告誡，進入那個洞穴。」

最後我們沒有把洞穴裡那個被蠟燭圍繞的可怕鬼怪的事說出來。

我躺在床上輾轉反側，腦袋翻來覆去，一片混亂。我不禁想像，如果我們跟布萊德、愛葛莎坦白在洞穴裡的所聞所見，結果會怎樣。

雖然是酷暑時節，我還是把被子拉到下巴，眼睛盯著窗邊。在那波浪般的窗簾後面，皎潔的月光依然照耀。

不過這一輪明月並沒有讓我心情變好，因爲白色的月光讓我想到那隻鬼的蒼白皮膚。

這句英文怎麼說

我聽到一陣鬼似的細語。
I heard a ghostly whisper.

突然，我的胡思亂想被一陣敲打聲打斷了。

叩叩。叩叩叩。

我很快的坐了起來。

敲打聲不停重複。

叩叩。叩叩叩。

這時我聽到一陣鬼似的細語。

「過來這裡！」

叩叩叩。

「過來這裡！」

我發現那隻鬼已經跟到家裡來了。

16.

「過來這裡！」

我無助的坐在床上，身體因恐懼而僵直，月光照耀的窗邊，出現了一張臉。

一開始我看到了一束蒼白的頭髮，接著是寬闊的前額，和一雙暗黑色的眼睛，在明月的亮光下閃爍出藍色的光芒。

原來是奈特！

他正在窗外對著我齜牙咧嘴的笑著。

「奈特！原來是你！」我如釋重負的大叫。我跳下床，把睡袍罩在睡衣外面，蹣跚的朝窗戶走過去。

他還是只有咯咯的傻笑。

這句英文怎麼說

我對著那三個小孩做了做手勢。

I mentioned to the three kids.

我朝外望過去，原來是山姆讓奈特站在他的肩膀上。他緩緩的放低身子，讓奈特回到地面上，穿著網球衫和大號灰色毛衣的露易莎則站在他們旁邊。

「你……你們這些傢伙在這裡做什麼？」我結巴的問，「你們把我嚇死了！」

「我們不是要嚇你。」山姆回答。他的手放在奈特單薄的肩膀上。「我們看到你跟你妹妹在海灘上狂奔，我們在想是不是發生了什麼事？」

「你們絕對不會相信的。」我大聲說。

此時，我發現我的大聲嚷嚷，可能會傳到布萊德和愛葛莎的房間。我可不想吵醒他們。

我對著那三個小孩做了做手勢。「進來我房間吧！我們可以在裡面談。」

山姆先把奈特抬到窗台上，我再把他拉進來，然後另外兩個小孩跟著魚貫爬進房間。

三個小孩進到房間後，我興奮的帶領他們坐在床邊。

「我跟泰麗進去那個洞穴了！」我壓低了聲音告訴他們：「我們在裡頭看到了鬼，它就坐在洞穴深處擺滿蠟燭的地方！」

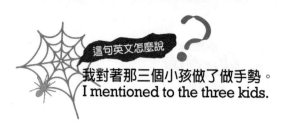

三個小孩露出驚訝的表情。

「那鬼已經很老很老了，長相非常可怕！」我繼續說：「它不是用走的，倒像是用飄的；當它一看到我們，就馬上追過來。在逃跑的途中我跌了一跤，差點就被它捉住，不過後來還是逃脫了！」

「哇！」山姆逕自嘀咕著，其他兩個小孩則繼續用驚訝的眼神盯著我。

「然後呢？」奈特問。

「然後，我們轉身回頭，用最快的速度逃跑啊！」我告訴他。「就這樣。」

三個小孩盯著我看了好長一段時間。我很想知道，此刻他們在想什麼，他們相信我所說的嗎？

終於，山姆從床邊爬了起來，走向窗邊。「我們並不想讓你知道那隻鬼的事情。」他輕聲的說，一邊甩了甩他的棕髮。

「爲什麼？」我追問。

山姆遲疑了一下才說，「我們不想嚇你。」

我露出了輕蔑的笑容。「每次見面，你幾乎都會嚇我跟泰麗。」

這句英文怎麼說

那只是好玩。
That was just for fun.

「那只是好玩！」山姆解釋，「但我們知道，如果你知道有那隻鬼的事的話……」他的語調開始拖泥帶水。

「你們也看過它嗎？」我一邊問，一邊把睡袍拉得更緊一點。

他們三個同時點點頭。「所以我們遠離那裡。」奈特一面告訴我，一面搔著他的手臂。「那隻鬼太可怕了！」

「它眞的很危險！」露易莎揭露道。「它想殺死我們！」她緊盯著我的眼睛。

「甚至是你們——你和泰麗。」

我聽得全身發抖。「爲什麼？我和泰麗沒對它怎樣啊！」

「那不重要，因爲沒有任何人是安全的！」山姆輕聲的說，一邊還緊張的瞄向窗外。「你看到了樹林裡的骨骸對吧？如果你被那隻鬼抓了，下場就是那樣！」

我全身又是一陣顫抖，現在我可是眞的很害怕。

「我們是有個辦法，可以除掉那隻鬼……」露易莎的話打斷了我不安的念頭。因爲緊張，所以她時而抱住手，時而又鬆開。「但是需要你的幫忙。」她繼續說：「沒有你和泰麗幫忙就不行。」

我用力嚥了口口水。「我跟泰麗該怎麼做？」我問。

在她還沒來得及回答之前，我們聽到樓上發出咯吱聲。

有聲音！

我們是不是吵醒了布萊德和愛葛莎？

露易莎和她兩個兄弟急忙爬過窗邊，下到外面地上。「明天早上海灘見。」山姆囑咐道。

我站在窗邊看他們消失在樹林裡。

房間再次恢復了寂靜，窗簾徐徐的飄曳著，我則望著外面那片隨風輕曳的松樹林。

我和泰麗要怎麼幫忙，才能夠除掉那隻老鬼？我納悶著。

我們能做什麼？

這句英文怎麼說

我轉身離開窗邊。

I spun away from the window.

17.

隔天早上醒來，外頭正下著雨。

我急忙跳下床，跑到窗邊卻看到陣陣狂風亂吹，雨勢紛亂，雨水在庭院裡的菜圃中聚流，形成了一條小溪般的水流，細緩的流向後院；樹林則籠罩著一片濃濃的霧。

「你能相信居然是這樣的天氣嗎？」泰麗一走進我房間，劈頭就問。

我轉身離開窗邊。「泰麗，聽好！我有事情要跟妳說。」我告訴她昨晚我跟三個沙德勒小孩談到的事情。

我一說完，泰麗馬上跑到窗邊，向外頭望。「那現在我們該怎麼辦？雨勢這麼大，我們怎麼去海灘跟他們會合？」

「沒辦法去。」我說：「我們得等到雨停。」

「我最討厭事情暫時被中止了！」泰麗大發牢騷。她急忙回到她房間著裝。

我穿上舊得已經褪色、兩邊膝蓋都破了的牛仔褲，套上灰色的毛衣，然後趕緊出去和大家一起用早餐。

愛葛莎煮了上面有一大塊黑糖和奶油的燕麥粥。

用完早餐後，布萊德點起了溫暖的爐火。泰麗則坐在爐火旁的地板上，整理她蒐集的野花。

泰麗把她的乾燥花標本黏在一張張的硬紙板上，我也只有坐在旁邊等雨停。眞是場愚蠢的雨！

太陽直到午餐過後才露出臉來。

天氣一轉好，我們馬上全速衝向海灘。

結果在那裡等了差不多一個小時。這中間我練習打水飄，泰麗則四處找尋貝殼好打發時間。但還是完全沒有山姆、奈特和露易莎的蹤跡。

「現在怎麼辦？」我一邊問泰麗，一邊踢著小石子。總不能浪費一整天的時

這句英文怎麼說

我開始唸起墓碑上的名字。
I started reading the names on the tombstones.

間吧？

「我還帶了拓印墓碑的工具！」泰麗回答。「我們去墓園如何？」

於是我們來到了小墓園。爬過老舊的石牆，然後好好的勘查了一下這個墓園。這裡的墓已經十分古老，許多墓碑都傾倒或破碎了，還有的被雜草覆蓋住。

森林也開始進佔這塊墓園。

一些大一點的樹木，已經把枝葉延伸到墓碑上，還長出新芽來；另外有一棵巨木的樹枝已經長到穿透石牆，並且推倒了好幾個墓碑。

「我要去那棵倒下的大樹旁邊，看看有什麼有趣的東西。」泰麗說。

說完她就加速往前跑，我則是維持原來的速度閒逛。上次來這裡的時候，我們只在墓園邊逗留，這次我可以走到裡面了。

我開始唸起墓碑上的名字。第一個讓我駐足唸出的是：馬丁．沙德勒在此處長眠。

這可真是奇怪，又是一個姓沙德勒的。

我想起山姆曾經告訴我們，在這附近有很多人都姓沙德勒；也許這附近是沙德勒的家族墓園或什麼的。

在馬丁・沙德勒的墓旁邊是瑪莉・沙德勒，馬丁妻子的墓，然後是兩個孩子莎拉和邁爾斯。

接著我移到隔壁一排墓碑，繼續唸碑文。又是沙德勒！這個名叫彼得；躺在彼得旁邊的是妙麗安・沙德勒。

哇！我一邊想，一邊開始感覺身上起雞皮疙瘩。住這邊但不是姓沙德勒的人，是不是都還活著啊？

我又移到另外一區。

一看，又全部是沙德勒。希朗、瑪格麗特、康士坦司、夏綠蒂……這裡眞的是沙德勒的家族墓園嗎？

這時，泰麗的尖叫聲劃過天際。「傑瑞，快過來這裡！」

我跑了過去，發現她正站在一棵已經倒下的松樹旁，她的臉因爲極度困惑而扭曲著。

「快看！」泰麗指示我看她腳邊那一堆墓碑。

這裡真的是沙德勒的家族墓園嗎？
Was this a whole cemetery of Sadlers?

我壓低視線，看到兩塊大墓碑，上頭分別寫著：湯瑪斯．沙德勒，卒於一六四一年二月十八日、普莉絲卡拉．沙德勒，湯瑪斯之妻，卒於一六四一年三月五日。

「當然，我知道。」我告訴泰麗，「這整個墓園都躺滿了姓沙德勒的，怪恐怖的吧？」

「不不！你快看小孩的墓碑！」泰麗不耐煩的說。

這時，我看到旁邊有三個一模一樣的小墓碑，就排在他們父母的墓旁。這三塊碑石豎得筆直，表面非常乾淨，上面的字很容易讀，就好像有人在照顧、整理它們一樣。

我彎下腰來唸墓碑上的名字：「山姆．沙德勒，湯瑪斯與普莉絲卡拉之子。」

我重新站直身子。「所以呢？」

「繼續唸下一個！」泰麗指示我。

於是我又彎身下來。「露易莎．沙德勒。」

「嗯……喔，」我喃喃自語，「我想，我一定可以猜中最後一個名字。」

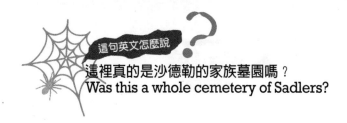

「我想也是！」泰麗低聲顫抖的回答。

我把視線移向最後一個墓碑。

「奈特．沙德勒長眠於此，享年五歲。」

這句英文怎麼說

我把視線移向最後一個墓碑。
My eyes moved to the last marker.

18.

我一直盯著這三塊墓碑看，直到視線模糊。

三塊墓碑，三個小孩。

山姆、露易莎和奈特。

都在十七世紀初期就過世了。

「我不懂！」我繼續喃喃自語。當我站直身子，突然感到一陣暈眩。「我真的不懂！」

「我們得回去問愛葛莎和布萊德這件事！」泰麗說，「這實在太詭異了！」

我們立刻跑回別墅。

途中，我的眼前一直浮現出那三塊墓碑。

山姆、露易莎和奈特。

我們回到別墅後，發現布萊德和愛葛莎正在後院。他們就坐在樹蔭底下兩張對稱的搖椅上。

愛葛莎看到我們上氣不接下氣的跑向他們，不由得笑了出來。

「你們兩個眞愛到處亂跑，不是嗎？眞希望我有你們的活力。」

「我們剛剛在那個墓園。」我脫口而出，「有一件事，我們一定得問你們！」

她張大了眼睛。「喔？你們不是在拓印墓碑嗎？」

「我們還沒弄到那裡呢！」泰麗告訴她：「我們先唸墓碑上的碑文，那裡全部都是姓沙德勒的墓，全部都是！」

愛葛莎的搖椅十分規律的前後搖擺著。她點點頭，但是沒有說任何話。

「妳認識我們在海灘上遇到的三個小孩嗎？」我連忙插嘴。「呃，我剛剛發現了山姆、露易莎和奈特．沙德勒的墓，他們在一六四幾年的時候死的。那和我們遇到的那三個小孩，名字居然一模一樣！」

愛葛莎和布萊德同步的搖晃著他們的搖椅；往前、往後，往前、往後。愛葛

這句英文怎麼說

那是有史以來最冷的冬天之一。
It was one of the worst winters in history.

莎仍然微笑的看著我。「嗯，那傑瑞，你的問題是？」

「爲什麼那座墓園裡那麼多姓沙德勒的呢？」我問。「而且，爲什麼那三塊墓碑上刻著我們朋友的名字呢？」

「好問題！」布萊德小聲的自言自語。

愛葛莎還是微笑著。「看到你們兩個洞察力這麼強，眞好！來，坐下。這有點說來話長。」

我跟泰麗於是彎下身來，坐在草地上。「趕快告訴我們！」我沒耐性的催促著愛葛莎。

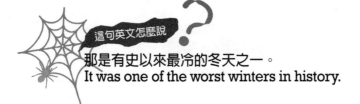

愛葛莎深呼吸了一下，然後開始說：「嗯，一六四一年冬天，一大群姓沙德勒的，應該說是整個沙德勒家族，從英國坐船過來，打算在此定居。他們是當時從英國移民來美國的清教徒移民，到這裡開始新生活。」

她看了看布萊德，他仍坐在搖椅上，繼續搖晃，還不時向外望著閃著光的樹。

她繼續說：「那是有史以來最冷的冬天之一，而且很不幸又很悲慘的，沙德勒一家並沒有足夠的準備可以禦寒，所以他們都過世了；一個接著一個，然後就這樣陸續埋葬在那塊小墓園裡。到了一六四二年，幾乎沒有人倖存。」

布萊德發出嘖嘖的嘆息聲，搖了搖頭。

愛葛莎一邊用穩定的節奏搖著搖椅，一邊繼續她的故事：「你們的朋友山姆、奈特和露易莎，是你們的遠房表親，就像布萊德跟我一樣。他們取和祖先相同的名字，是爲了紀念那些躺在墓園裡三個早逝的孩子；我們也是一樣，取和祖先相同的名字。如果仔細找，你們還會看到墓園裡也有一塊墓碑是愛葛莎的，一塊是布萊德的。」

「會嗎？」泰麗大叫。

愛葛莎嚴肅的點點頭。「當然會啊！但是布萊德和我，還沒準備好要躺在那裡呢，是不是啊，布萊德？」

布萊德搖了搖頭。「當然是，女士。」他促狹的回答。

看到這幕，泰麗和我不禁笑了。

那是種如釋重負的笑。

我眞的很高興，我們所看到的東西是事出有因，而不是怪力亂神。這時我突

這句英文怎麼說

那是種如釋重負的笑。
Relieved laughter.

然有一股衝動，想要告訴布萊德跟愛葛莎洞穴裡有鬼的事。

但是泰麗卻開始跟他們談起野花，我只好安份的坐在草地上，把這股衝動壓抑下來。

隔天早上，我們終於在海灘上遇見山姆、露易莎和奈特。

「你們昨天跑哪裡去了？」我問，「我們在這裡等了你們一下午！」

「嘿，拜託你好不好！」山姆抗議道，「昨天在下雨欸，所以我們被禁足了！」

「我們昨天去了那個小墓園裡。」泰麗告訴他們：「我們看到有三個古墓，墓碑上刻著你們的名字！」

露易莎和山姆互望了一眼。「那是我們的祖先。」山姆說：「我們是以他們的名字取名的！」

「傑瑞跟我說你們有個計畫，可以除掉那隻鬼。」泰麗打斷了山姆的話，她總是喜歡馬上切入主題。

「沒錯！」山姆的語氣嚴肅了起來。「跟我們來！」接著，他開始迅速起步，通過滿是石礫的沙灘，往洞穴的方向走去。

我連忙跟上。「哇，我們要去哪裡啊？我才不要再進去那個洞穴，絕不！」我大叫。

「我也不要！」泰麗跟我意見一致。「被那隻鬼追過一次就夠我受的了！」

山姆用他那深褐色的眼睛盯著我看。「你們不必再進去那個洞穴，我保證！」

他帶領我們走到洞穴下面的岩石上。我用手稍微遮住刺眼的陽光，朝上凝視著。

在日光的照射之下，洞穴看起來比較沒那麼恐怖。

因為平坦的白色岩石反射出陽光，暗暗的洞穴入口看起來也就沒那麼深幽、那麼令人望而生畏。

山姆指了指洞穴口的上方。「看到那些堆在洞穴上面的大石頭了嗎？」

我瞇著眼往上看。「有啊，怎樣？」

「你們只要爬上去，把那些石頭推下來就行了。石頭會把洞穴封住，這樣那隻老鬼就會永遠被困在洞穴裡了！」

這句英文怎麼說

你們不必再進去那個洞穴。
You don't have to go into cave again.

我跟泰麗看了看那些巨大的白色石頭。每一塊石頭一定都有兩百磅重。

「你在開玩笑吧？」我說。

露易莎搖搖頭。「我們是非常認眞的！」她咕噥著。

「用石頭把洞口封住？」我重覆了一遍，一邊繼續望著那些石頭；那個黑暗的洞口，就好像是一隻巨大的黑眼般盯著我看。「這樣就可以把鬼困在裡頭？那用什麼阻止它飄出來？別忘了，它可是鬼欸！一定可以從石頭縫隙中飄出來的！」

「不會，它不行的。」露易莎解釋，「古代的傳說裡提到，這個洞穴是個庇護所，那表示如果有任何邪惡的東西被困在裡頭，就不能從這些古老的岩石間逃出來；那鬼就會永遠被困在裡頭了。」

泰麗皺了一下眉頭。「那你們爲什麼不自己爬上去，把石頭推下來呢？」

「因爲我們太害怕了！」奈特脫口而出。

「如果我們搞砸，那隻鬼會追殺我們！」山姆說：「我們住在這裡，它可能會找到我們的家……然後報仇！」

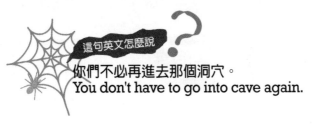

「我們一直在等外地人來幫助我們！」露易莎補充，同時還用懇求的眼神望著我。「我們一直在等待我們能信任的人啊！」

「但是，我們怎麼辦？」我質問，「如果今晚我們要困住那隻鬼的行動失敗，難道它不會出來找我們嗎？」

「這次我們不會搞砸的！」山姆嚴肅的回答，「我們可以通力合作，要是鬼跑了出來，我、露易莎和奈特會轉移它的注意力，這樣它就不會看到你們在洞穴頂上。」

「你們會幫我們吧？拜託、拜託！」露易莎懇求我們。「這隻老鬼已經嚇了我們一輩子了！」

「如果你們答應幫我們困住它，會讓這一帶的人都感到欣慰的。」山姆補充。

我遲疑了，因為這中間太容易出差錯了。

萬一我們推不動石頭呢？

要是鬼飄了出來，看到我跟泰麗在洞穴上頭怎麼辦？萬一我們其中一個滑倒，從洞穴頂上跌落下來，又要怎麼辦？

我決定了，絕不幫！

我們沒辦法做到，這實在太冒險了。

正當我轉過身，準備告訴他們我的決定時，「我們當然會幫忙！」我聽到泰麗這麼說。

這句英文怎麼說

這次我們不會搞砸的。
We won't mess up.

19.

那天下午，我們一直跟著愛葛莎摘藍莓，還用古早的攪拌器製作藍莓冰淇淋。那是我吃過最好吃的冰淇淋了！愛葛莎說，因爲是自己摘的藍莓做的冰淇淋，所以特別好吃。

越靠近晚餐時間，我就越來越害怕。

今晚我們眞的得去困住那隻鬼嗎？

晚餐時間終於到了，可是我幾乎吃不下任何東西；要是愛葛莎盯著我，我就說是因爲吃冰淇淋吃飽了。

晚餐後，我和泰麗幫愛葛莎洗碗盤，接著布萊德還堅持要向我示範怎麼打水手結。

這句英文怎麼說？

月光讓深色的海水閃耀著粼粼的光芒。
The moonlight made the dark water sparkle.

然而這個時候，我已經害怕到胃打結，而且比布萊德的繩子還要糾結！

終於，我和泰麗謊稱要去海邊呼吸一下新鮮空氣，然後我們兩個就趕忙往海邊跑去，和我們的三個朋友會合。

那晚天空清澈無雲，只見頭上成千上萬顆星星閃爍，還有露水滴下來；皎潔的滿月照亮大地，完全不需要手電筒。

泰麗和我沿著通往海邊的小徑，靜靜的往下走；沒有人想要說話。我一直想起媽媽和爸爸在我們離家之前告誡我，別讓泰麗惹上麻煩。

現在我們確實有麻煩了！我腦中又浮起不祥的念頭，是個很大的麻煩！我們兩個都惹上了！

也許應該說是我們五個。

山姆、露易莎和奈特正站在海岸邊等我們，月光讓深色的海水閃耀著粼粼的光芒。我突然希望月光別這麼亮，因爲我們準備做的事情，需要黑暗來掩護。

當我跟這三個朋友打招呼時，我的胃似乎糾結得更緊了。

山姆舉起一隻手指，放在嘴唇上，示意要我們安靜，然後作勢要我們跟著他。

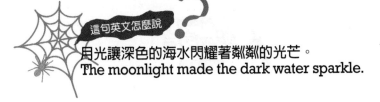

於是我們安靜的越過岩石堆，來到洞穴的下面。

「嘿……快看！」我一面低聲的說，一面抬頭望向洞穴。洞穴裡的光正在洞口明亮的閃爍著。

這表示那隻鬼在家！

我一邊望著洞穴，一邊想著要如何爬上去。我們預備循著上次進入洞穴的相同路徑爬上去，但這次我們會一直沿著岩石邊爬，爬到洞穴頂上，而不是爬進洞穴口。

泰麗焦躁不安的站在我身邊。

「準備好了嗎？」我小聲的問她。

她嚴肅的點點頭。

「我們就在下面等。」山姆小聲的說：「如果那隻鬼跑出來，我們會準備妥當好轉移它的注意力。祝你們好運！」

然後他們三個就緊緊的依偎在一起，一臉緊張害怕的模樣，奈特還緊抓著露易莎的手。「再見，泰麗！」他用很小很小的聲音說。我想，奈特可能有一點喜

這句英文怎麼說

我指了指我們的右手邊。
I pointed to our right.

歡上泰麗了。

「待會兒見！」泰麗小聲的回答他，「別擔心，奈特！我們會一起除掉那個壞鬼的。上吧，傑瑞！」

當我跟泰麗一路往上爬時，我感覺腳上好像裝了彈簧一般，爬得很穩、很小心。

我回頭望了一下在我下面幾呎的泰麗，她的呼吸很重，因爲爬得很專心，所以眼睛幾乎瞇成一條線。

我們終於到達洞口，裡頭燈光閃耀。

我指了指我們的右手邊，泰麗點頭表示了解。接著她就跟著我爬到洞穴邊的岩石上。

這些岩石因爲夜露，表面變得非常潮濕，而且還有點滑，所以我們四肢都弓起來向上爬，這次的岩壁比我預想的還要陡。

我還盡量克制自己不要發抖，因爲我知道，只要稍稍失足，就很可能造成岩石崩塌，那隻鬼就會知道有東西在洞穴上面。

於是，我們一手接一手，一步一腳印的往上爬。

小心穩定的爬。

途中，我稍微停了一下好喘口氣，順便往下望了望海灘。我看到那三個朋友還站在那裡沒動。

於是我用一隻手抓住一塊岩石，用另一隻向他們揮手。

奈特看到後也揮手回應，另外兩個小孩還是動也不動的凝視著泰麗和我。

終於爬到洞穴上方的平坦岩石，我趕緊轉過身，伸手幫泰麗爬上這個窄窄的岩架。

我們查看了一下目前的狀況。那些原本計畫要推下去好堵住洞口的石頭，看起來沒有我想像中的大。

這些石頭都堆在一堵堅實的石牆上，看來要走到後面把這些石頭推下去，並不是那麼難。

當我準備要走到石牆後面時，我望了一眼下面那三個朋友。

出乎我意料之外的是，山姆拚命揮舞著手臂，還跳上跳下；露易莎和奈特的

這句英文怎麼說

他們好像是要告訴我們什麼。
They're trying to tell us something.

舉動也像發狂似的。

「怎麼啦？」泰麗大叫，「他們爲什麼那樣？」

「他們好像是要告訴我們什麼。」我回答泰麗時，突然感到一陣恐怖的寒氣貫穿全身，身上每吋肌肉都動彈不得。

難道是那隻鬼已經出現在洞口了？

我跟泰麗已經被發現了？

我深呼吸了一下，不顧心頭的恐懼，伸出頭往下瞥了洞口一眼。

什麼都沒有。

「傑瑞，站好！」泰麗大叫，「你這樣會摔下去的！」

於是我站直身子，瞧了瞧底下那三個小孩。

「嘿……！」我看到他們三個沒命似的逃進林子裡，於是放聲大叫。

突然間，一陣恐怖的刺骨寒意，讓我不禁倒抽了一口氣。

「一定是哪裡出差錯了！」我的聲音突然變得沙啞。「我們快離開這裡！」

我一轉身剛好看到那隻鬼就站在我們身後。

它骨瘦如柴，在月光照射下，皮膚顯得更加蒼白；它正用它那深邃空洞的眼神，狠狠的瞪著我們。

突然，它抓住我的肩膀，並用另一隻乾瘦的手纏住泰麗的手腕。

「跟我來！」它冷淡的低語著，彷彿宣告我們「死定了」。

這句英文怎麼說

我試著要掙開它的手。

I tried to jerk free of his grasp.

20.

就這樣，它拉著我們兩個下到洞穴入口。

它太有力量了，我想。尤其是對一個又老、看起來又虛弱的鬼來說。

石頭從我腳下滑動，還揚起一陣灰色塵土，讓地面變得模糊不清。整個地面好像在傾斜、搖晃，長長的影子好似要伸過來把我拉下去一般。

我想放聲大哭，但一口氣卻哽在喉嚨。

我試著要掙開它的手，但是對我來說，它太強壯了。

泰麗則是發出大聲又帶著啜泣的喘息聲；她用力揮動手臂，掙扎的要逃脫開來。但是那隻老鬼卻抓她抓得更緊了。

在我恢復知覺之前，我們已經踉蹌的走過又黑又彎曲的隧道，閃爍的燭光就

在眼前，而且越來越亮。

我們因爲過度驚嚇，所以根本沒力氣反抗，完全沒辦法逃脫。

我的肩膀擦過窄窄的隧道壁，刮出刺耳聲響。恐懼讓我的喉嚨變得緊繃，甚至因刺痛而大哭。

那隻鬼把我們帶到蠟燭室裡之後，就放開了我們，然後嚴厲凶狠的瞪著我們。它舉起乾瘦的手指，示意我們跟著它走到那個浮木做的桌子邊。

「你……你要對我們做什麼？」泰麗首先打破沉默。

但是它沒有回應。它用手把它那長長的、跟繩子一樣的頭髮從臉上撥開，然後作勢要我們坐在地上。

我很快的跌坐了下來，因爲我的腳抖得實在太厲害了，眞高興能夠不用繼續站著！

我望了泰麗一眼，她的下唇也在顫抖著，還用手緊緊的抱住膝蓋。

老鬼清了清喉嚨，重重的靠在粗糙的桌子邊上。「你們兩個惹上了非常大的麻煩！」它的聲音變得微弱纖細。

這句英文怎麼說

你要對我們做什麼？
What are you going to do us?

「我們……我們無意造成任何傷害。」我脫口而出。

「跟一群鬼廝混在一起，是很危險的。」它繼續說，好像根本沒聽到我的話一樣。

「我們會離開。」我絕望的說出我的提議。「永遠不再回來！」

「我們不是故意要打擾你的！」泰麗用很尖銳的聲音補充。

它那深陷的眼睛，頓時因爲驚訝而張得大大的。「我？」這時，它蒼白的臉上浮現了怪異的笑容。

「我們不會告訴任何人我們看到你。」我告訴它。

它愈笑愈大聲。「我？」它重覆同樣的話。這時，它突然往前跳上一塊巨大的浮木上。「我不是鬼！」它大叫，「你們那三個朋友才是！」

21.

「啥？」我一副不可置信的表情，望著這老鬼。他臉上的笑容消失了。

「我是在告訴你事實！」他輕柔的說，一面用他乾瘦的手擦了擦他蒼白的臉頰。

「你是想騙我們！」泰麗回答，「那三個小孩……」

「他們不是小孩！」老人嚴厲的打斷泰麗的話，「他們已經超過三百五十歲了！」

泰麗和我互望了一眼。我的脈搏跳得又重又快，根本沒辦法清楚思考。

「請容我介紹我自己。」老人一邊說，一邊降低身子，靠在桌邊。他那佈滿皺紋的臉，在燭光照射下忽隱忽現。

這句英文怎麼說

他臉上的笑容消失了。
His smile faded.

「我是哈里森．沙德勒。」

「又一個姓沙德勒的？」我脫口而出。

「我們也姓沙德勒！」泰麗大呼。

「我知道。」他輕柔的說。接著乾咳了一下，繼續說：「我是在很久以前，從英國來到這裡的。」他告訴我們。

「一六四一年來的？」我質問。

「他」果然是鬼！想到這裡，我不禁顫抖了一下。

不過，我的問題似乎讓他覺得愉快。

「我在這裡的時間沒那麼長！」他冷淡的回道。「大學畢業後，我就跟隨祖先的腳步來到這裡；我是研究鬼魂和靈異現象的。結果我發現，這裡有不少值得研究的東西。」

我用力的盯著他並打量起他來。他有可能是在說實話嗎？難道「他」是人——不是鬼？

或者，這只是另一個邪惡的把戲？

然而他黑色深邃的眼睛，並沒有透露出任何訊息。

「那你爲什麼把我們拉到這裡來？」我持續質問，一面慢慢的站起身來。

「爲了要警告你們！」哈里森．沙德勒回答，「警告你們有關鬼的事；你們現在遇到很大的危險。我已經研究過它們，我看過它們的邪惡。」

泰麗這時低聲一叫，我無法判斷她相不相信這個老人。我發覺我根本就不相信他，他說的故事聽起來一點也不合理。

這時我已經站直身子。「如果你是個研究靈異現象的科學家，」我說，「那你爲什麼要把自己關在這個怪異的洞穴裡？」

他慢慢的舉起手，往上指著佈滿影子的頂蓬。「因爲這個洞穴是個庇護所。」他喃喃自語。

庇護所？那不就是山姆用來形容這個洞穴的詞嗎？

「鬼一旦進入了這個洞穴，」哈里森解釋：「就無法從岩縫間逃脫。」

「所以，那表示你被困在這裡面了！」我繼續堅持己見。

他斜視著我，「我計畫把鬼引誘進來，將它們困在裡面。」他輕聲回答。

這句英文怎麼說

這個洞穴是個庇護所。
This cave is a sanctuary.

「所以，我才把石頭堆在洞穴入口上面，希望有一天可以把它們永遠的囚禁在這裡！」

我轉身看了看泰麗，發現她正若有所思的看著哈里森。

「但是，你爲什麼要住在這裡？」我持續發問。

「在這裡我就很安全。」他回答：「庇護所可以保護我，因爲那些鬼魂不能從石縫穿過來嚇我；你有沒有想過，爲什麼『他們』要你們爬上來這裡，而不是自己上來？」

「他們派我們上來，是因爲他們很怕你！」我大喊，似乎忘了自己的害怕。「他們要求我們上來，因爲你才是鬼！」

這時他臉上的表情變了，他從浮木桌邊站了起來，快速的走向我們；他那深邃又凹陷的雙眼發出光芒，好似黑炭一般。

「你要做什麼？」我大叫。

22.

哈里森又朝我們走過來，充滿威脅的一步。

「你們不相信我對不對？」他反問著我們。

可是我和泰麗實在太害怕了，根本無法回答。

「你……你要做什麼？」我只是不斷重覆我的問題，聲音也變得更小、更尖銳了。

他就這樣瞪著我們好長一段時間，閃爍的燭光持續映在他蒼白的臉上。

「我要讓你們離開。」終於，他說了。

因爲太意外，泰麗不由得驚叫了一聲。

我則是摸著牆邊，往後退到隧道口。

這句英文怎麼說

你們不相信我對不對？
You don’t believe me, do you?

「我會讓你們離開！」哈里森又重覆一次。「這樣，你們就可以去那個老墓園東邊的角落檢查看看。」他揮著那乾瘦的手，示意我們快走。「去！現在就去！去那個墓園！」

「你……你眞的要放我們走？」我結結巴巴的說。

「等你們看過了墓園東邊的角落，你們就會回來這裡！」哈里森故作神祕的回答。「你們會回來這裡的！」

絕不會的！我想。這時，我的心臟還撲通撲通的跳個不停。

我絕對不會再靠近這個可怕的洞穴。

「快走！」老鬼大叫。

泰麗跟我轉身踉蹌的逃出他的蠟燭間，兩個人都沒有回頭看。

雖然我已經趕忙逃出洞穴，來到外頭的岩石上，哈里森的臉孔仍然縈繞在我腦中。

我不斷想到他充滿光芒、邪惡的雙眼；他長得像繩子的頭髮；當他令人毛骨悚然的微笑時，露出的滿口黃牙；想到他把我和泰麗拖進洞穴時超乎常人的握力，我更是不寒而慄。

我也不斷的想到山姆、露易莎和奈特。他們不可能是鬼！他們是我們的朋友；他們還試著警告泰麗和我，那隻鬼已經偷偷溜到我們後面。

他們說他們怕哈里森怕了一輩子；我還記得，奈特跟我說他非常怕鬼時那悲哀的表情。

哈里森．沙德勒是個騙子！我痛苦的想著。

一個三百五十歲的鬼騙子！

下到了海灘後，我跟泰麗停下來喘口氣。「他……他真是可怕！」泰麗上氣不接下氣的說。

「我真不敢相信他會放我們走。」我彎下身來，手壓在膝蓋上，等待側身的刺痛消失。

接著我們跑去找那三個小孩，但是完全沒有他們的蹤跡。

「我們要不要去墓園？」我問。

「我知道他要我們看什麼。」泰麗回答，一面回頭看著那個黑暗的洞穴。

這句英文怎麼說

他們不可能是鬼。
There was no way they were ghosts.

「我知道他爲什麼要我們去查看墓園的東邊角落。我們之前就是在那裡找到露易莎、奈特和山姆的墓。」

「是啊，所以呢？」

「所以哈里森只是想要嚇我們，他認爲只要我們看到那些古墓，就可以證明露易莎、奈特和山姆是鬼。」

「但是，我們已經知道有關於那些墓碑的眞相啦！」我說。

我們緩步離開海灘，走進樹林；空氣越來越涼，月光從樹枝的縫隙中緩緩照射下來，使得路上佈滿奇怪的倒影。

我們抵達墓園入口後，停了下來。

「或許我們該進去看看！」泰麗喃喃的說。

於是，我跟著泰麗走進墓園。往東邊角落的沿途中，我們不斷踩過許多墳墓的基石和散落的枝葉。

一道灰白微弱的月光照射在三個沙德勒小孩的古老墓碑上。「你有沒有看到什麼奇怪的東西？」泰麗小聲的說。

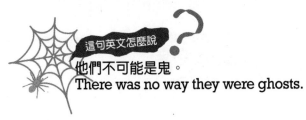

「看起來跟昨天一模一樣。」我說。「清潔、方正……哇！」

旁邊有東西吸引了我的視線。

「你是哪裡有毛病啊？」泰麗質問。

在微弱的月光下，我拚命想看個清楚。「我想這裡有……」

「啥？你是不是看到什麼了？」泰麗大叫。

「一些新鮮的土！」我說：「就在角落上，在傾倒的樹的另一邊。看起來像是一座新的墳墓。」

「不可能！」泰麗說，「我已經檢查過這裡所有的墓碑，最近五十年來，沒有任何人葬在這裡。」

我們往倒下的樹的方向走了幾步。

「傑瑞，你說對了，這確實是座墳。」泰麗小聲的說：「一座新墳。」

我們越過倒下的樹幹，彼此保持很近的距離，一束窄小的月光把剛翻過的土照得發亮。

「是兩座墳墓！」我喘著氣說：「兩座新墳墓，墓碑上刻了一些碑文。」

這句英文怎麼說

你是不是看到什麼了？
Do you see something?

我蹲了下來，想要唸出碑文，泰麗則站在我身後。

「碑文是怎麼寫的，傑瑞？」

我看完之後，不禁口乾舌燥，完全無法回答她。

「傑瑞，你能唸得出來嗎？」

「可以！」我終於迸出話來。「是我們的，泰麗！碑文是這樣寫的：傑瑞．沙德勒與泰麗．沙德勒。」

23.

「這……這到底是什麼意思？」我喃喃自語。

「是誰挖了這兩個墳墓？」泰麗問。「是誰在墓碑上刻了這些字？」

「我們快離開這裡！」我催促泰麗，並抓住她的手臂。「我們去告訴愛葛莎和布萊德！」

可是泰麗躊躇了。

「我們一定要！」我堅持道，「我們必須把所有的事情告訴他們，我們很久以前就應該跟他們說的！」

「好吧！」泰麗同意我的提議。

正當我轉身要離開時，我看到的東西讓我倒吸了一口氣，因爲有三個人站

這句英文怎麼說

是誰挖了這兩個墳墓？
Who dug these graves?

在樹影下盯著我們看。

山姆很快的越過傾倒的樹。「你們跑哪裡去了？」他問我們：「你們在這裡幹嘛？」

露易莎和奈特緊緊跟在他後面。

「我們……我們正準備回別墅。」我告訴他們，「已經很晚了，而且……」

「你們殺掉那隻鬼了嗎？」奈特問我們，他滿懷希望的看著我。

我輕拍他的頭髮，感覺很真實，他的頭是溫暖的。對我來說，他一點也不像鬼，他是個如假包換的小男孩。

哈里森．沙德勒絕對是個超級大騙子。

「你們殺死那隻老鬼了嗎？」奈特再次急切的問。

「沒有，我們沒辦法。」我告訴他。

奈特的表情顯現出無比的失望。

「那你們是怎麼離開的？」這回換山姆猜疑的質問。

「我們逃掉了！」泰麗回答他。

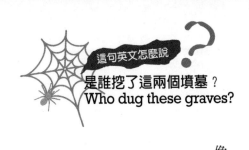

這個說法很接近事實。

「那你們當時又在哪裡？」現在換我質問他們了。

「是啊，你們沒有好好盡責，轉移它的注意力！」泰麗嚴厲的指責道。

「我們……我們曾經試著要警告你們，」露易莎一面緊張的拉扯紅褐色的長髮，一面回答，「後來我們受到驚嚇，就跑進林子裡躲起來了。」

「因爲沒有聽到石頭掉落的聲音，我們就更害怕了！」山姆補充。「我們很怕那隻鬼抓住你們，我們還以爲再也見不到你們了！」

此時奈特發出受驚的啜泣，還緊緊抓住露易莎的手。「我們一定要殺死那隻鬼！」小男孩抽噎的說：「一定要！」

山姆和露易莎試著安撫他們的小弟弟，我則凝視著這兩座新墳墓；一陣涼風吹得樹林直搖晃，還發出沙沙的聲響。

我原本想向山姆問問這兩座新墳的事，但是在我還沒開口發問之前，他就說話了。

「我們再試一次吧！」他說。

這句英文怎麼說

我們很怕那隻鬼抓住你們。
We were afraid the ghost got you.

然後他用乞求的眼神看看泰麗，再看看我。

露易莎則是用手扶著奈特小小的肩膀。「是啊！」她輕聲的說，「我們回去再試一次。」

「絕不！」我大叫。「我跟泰麗好不容易才逃出來！我才不要回去……」

「但是，現在可是絕佳時刻啊！」露易莎堅持道，「它絕不會想到你們今天晚上就會再回去的；它會毫無防備，所以這次絕對會讓它大吃一驚。」

「拜託啦！」奈特小聲的請求。

我張開嘴巴，但是沒有發出聲音；因爲我實在不敢相信，他們居然要求我們去做這種事。

我跟泰麗可是冒著生命危險爬上那裡的，我們本來有可能已經被那隻騙人的老鬼殺死了；有可能已經跟那隻狗的下場一樣，變成可怕的骨骸了。

可是他們三個好好的在這裡，什麼事也沒有，卻要我們再爬到洞穴上面試一次？

這簡直太荒謬了。

這次我絕對不同意，絕不！

「沒問題！」這時我卻聽到泰麗如是說：「我們會再試一次！」

露易莎和她的兄弟們爆出一陣歡呼聲。

泰麗又擺了我一道！

這句英文怎麼說

泰麗又擺了我一道。
Terri had done it to me again.

24.

泰麗帶頭走向海灘，我步履蹣跚的跟在她後面。那三個興奮交談的沙德勒小孩則跟在我們後面。

夜色突然變得更黑，就好像有人把燈光調暗一樣。我仰望著天空，尋找滿月；但厚厚的黑雲已經遮住了月亮。

我感覺一滴很大的雨滴落在肩膀，另一滴則掉在我的頭上。我們越靠近海邊，風勢就越大。

「妳是不是瘋啦！」當我們來到卵石沙灘，朝洞穴方向前進時，我低聲問泰麗。「妳怎麼可以答應做這種事？」

「我們得解開謎團啊！」泰麗回答，一邊朝著洞穴的方向望去。洞穴非常的

暗，沒有一絲閃光，沒有老鬼的影蹤。

「這可不是妳那些愚蠢的神祕小說！」我生氣的說，「這是現實世界，我們可能會遇到極大的危險！」

「我們已經遇到了！」泰麗故作神祕的回答我。她還說了些別的，可是強勁的海風讓我完全聽不到她接下來的話。

雨開始越下越快，雨滴又大又重。

「停下來，泰麗！」我要求道，「我們回去吧！去跟那些傢伙說我改變心意了！」

她卻搖頭。

「至少我們回別墅去，把這件事情告訴愛葛莎和布萊德。」我懇求著。「我們可以明天再來困住那隻鬼，在大白天也許……」

可是泰麗不但沒有停下腳步，反而加快速度。「我們必須解開這個謎團，傑瑞。」

她又說了一次，「那兩個新挖的墳墓……真的讓我很害怕。我一定要查明

這句英文怎麼說

我們會在下面等。
We'll wait down here.

事實眞相！」

「可是泰麗……現在的事實是，我們可能會死掉！」我狂叫。

但是她似乎沒有聽到我的話。途中我不停的把眉毛上的雨滴刷掉，狂亂的強風把雨水捲到我們身上；雨點打在岩石上，聽起來就好像尖銳的鼓聲。

我們停在洞底的岩石邊，那個洞穴就在我們的正上方，仍然是漆黑一片。

「我們會在下面等。」山姆說，眼睛卻一直盯著洞穴看。看得出來他仍然非常害怕。

「這次如果鬼再跑出來，我們會好好盡責，轉移它的注意力的！」

「它最好是別跑出來！」我咕噥的說。

爲了避雨，我盡量把頭壓低。發出白光的鋸齒狀閃電劃過天空。這使得我不停的發抖。

「跟我們一起爬上去吧！」泰麗告訴那三個小孩，「待在底下，你們幫不了什麼忙的！」

他們一副畏縮不前的樣子，我可以看到他們驚恐的表情。

「一起上去吧！」泰麗催促他們。「如果鬼出現了，你們還是可以及時爬下岩石。」

露易莎搖搖頭，承認說：「我們實在太害怕了！」

「我們需要你們到上頭幫忙。」泰麗堅持的說，「我們不想讓鬼知道我們在洞穴頂上，所以你們要站在洞穴口外面的岩架上，然後……」

「不，它會傷害我們，它會把我們吃掉的！」奈特突然大叫。

「我們沒辦法再爬上去一次，除非你們也上來幫我們！」泰麗的語氣非常堅決。

露易莎和山姆害怕的互換了一下眼神，奈特則緊跟在露易莎身邊，還一面發著抖。

這時，雨下得更大了。

終於，山姆點點頭。「好吧，我們會在洞穴口等你們。」

「我們不是故意這麼害怕的。」露易莎補充道，「只是我們一輩子都很怕它。它……它……」她的聲音越變越小。

這句英文怎麼說

我全身不停的發抖。
My entire body trembled.

終於我們開始往上爬，這一次比上次更難爬，因爲沒有月光，周圍變得很暗很暗，而且雨滴還不斷打進我的眼睛裡，岩壁也變得更加濕滑了。

我就失足跌跤了兩次，結果膝蓋和手肘差點不能動；潮濕的石塊還不停的從我腳下滑落，掉落到海灘上。

這時，又是一道鋸齒狀的閃電劃過天際，把我們頭上的洞口照得發亮。

我們在洞口前的岩架停下腳步；我全身不停的發抖，因爲雨、因爲冷，更因爲恐懼。

「我們進去一下，取個暖吧！」泰麗建議。

三個沙德勒小孩則緊緊相擁在一起。「不，我們不能，我們太害怕了！」露易莎回答。

「只要幾秒鐘就好！」泰麗堅持要進去。「至少進去把眼睛上的雨弄掉。看，雨勢越來越大了！」

她根本是硬把露易莎和她兩個兄弟拉進洞穴。奈特則是緊緊抱住姊姊嚎啕大哭。

突然間雷聲大作，嚇得我們都跳了起來。

我想這大概是我有生以來做過最蠢的事了。我邊想邊不停的顫抖著。

關於這件事情，我絕對不會原諒泰麗，絕不！

此時，洞口突然閃耀著黃色的光芒，就在我們面前。

在黃色的光芒底下，那隻老鬼現身了！老鬼一手舉著正在燃燒的火炬，蒼白的臉上浮現出詭異的笑容。

「嗯嗯！」老鬼發出的聲音，正好大到讓我們在雨中聽得一清二楚。「現在大家都到齊了！」

這句英文怎麼說

我絕對不會原諒泰麗，絕不！

I will never forgive Terri for this. Never.

25.

「不……！」看到這幕，奈特嚇得大哭，想要一頭躲進姊姊的濕T恤裡；山姆和露易莎則被嚇得無法動彈，像兩尊雕像一樣。火炬的光芒，讓他們臉上驚恐的表情更加清晰。

哈里森·沙德勒就這樣站在洞口擋住我們的逃脫路線。並用黑暗深邃的眼睛，一個一個的打量著我們。

在他身後，大雨繼續磅礡，耀眼的閃電發出恐怖的光芒。

他先是把注意力放在我跟泰麗身上。「你們把鬼帶進來給我了！」哈里森說。

「你才是鬼！」山姆大叫。

奈特還是不停的哭泣，而且緊緊的抓著露易莎的手腕。

「你們嚇人已經嚇得夠久了！」老鬼跟這三個渾身發抖的小孩說：「超過三百年了，現在是你們離開此地的時候了！是你們安息的時候了！」

「他瘋了！」露易莎對著我大叫。「別聽他的！」

「別讓他愚弄了你們！」山姆用感性的口吻補充。「看看他！看看他的眼睛！看看他住的是什麼地方……獨自待在這個黑暗的洞穴裡！他才是三百歲的老鬼，他在騙你們！」

「不要傷害我們！」奈特還是嚎啕大哭，而且仍舊緊緊的黏在露易莎身旁。

「拜託你，不要傷害我們！」

這時雨勢突然轉小，雨水濺在外面的岩石上，從洞穴口不斷的灑下來。雷聲仍然隆隆作響，但是距離已經很遠。暴風雨已經移到外海去了！

我轉身過去，發現泰麗臉上居然出現奇異的表情。令我大感意外的是，泰麗臉上竟然有笑容。

她發現我正盯著她看，於是壓低聲音對我說：「這是解開謎團的方法。」

這句英文怎麼說

不要傷害我們！

Don't hurt us!

突然間，我了解了她爲何答應回到這個可怕的洞穴，再度面對那個可怕的老鬼。因爲泰麗想要解開謎團，她必須解開它。

誰才是鬼？

是哈里森．沙德勒？或者，哈里森告訴我們的是事實？我們那三個朋友是不是鬼？

泰麗眞是有夠瘋狂！我心裡一邊想，一邊搖著頭。她居然讓我們冒了生命危險，只因爲她一定要解開這個謎團。

「放我們走！」山姆告訴老鬼，也打斷了我的思緒。「放我們走！我們不會跟任何人說我們看到鬼的。」

一陣強風吹進洞穴，讓老人手中的火炬黯淡了一點。此時哈里森的眼睛看起來也更加黑暗了。「我等你們被抓進來這裡，已經等太久了！」他靜靜的說。

突然，露易莎伸過手來抓著泰麗。「救救我們！」她大喊。「妳相信我們，對不對？」

「你知道的，我們都是活生生的人，不是鬼！」輪到山姆對著我說。「幫助我們遠離他！他很邪惡，傑瑞，我們已經目睹他的邪惡一輩子了！」

於是我又從哈里森那邊被拉過來，轉而相信這三個小孩。

到底誰說的才是實話？誰才是活生生的人？

誰才是那個死超過三百年的傢伙？

在不斷晃動而黯淡的火光之下，哈里森的臉依舊顯得黑暗；他用另一隻手把前額的長髮往後撥了撥，然後噘起乾癟的嘴唇，發出一聲長長尖銳的口哨聲，讓我們大吃了一驚。

我心跳加速，還不停的喘著大氣；他究竟在做什麼？爲什麼要發出那麼尖銳的聲音？

他停了一會兒，然後又吹了一次。

這時，我聽到一陣摩擦洞穴岩地的腳步聲，一種十分迅速的腳步聲。

接著，一個低矮黑色的東西從黑暗中衝了出來，撲向我們！

26.

一頭怪獸！我心想。

是一頭鬼怪獸！

那隻怪獸一邊靠近我們，一邊發出低沉、充滿威脅的號叫。

牠的頭壓得低低的，兩隻紅眼睛猶如熊熊怒火一般，好像這頭生物曾經一頭撞到火炬的烈焰。

「喔！」我看到了，原來那是一條狗，於是大叫了一聲。是一隻身體很長、很精壯的德國牧羊犬。

那條狗在我們面前幾呎遠的地方停了下來。當牠看到哈里森時，露出了口中的獠牙，號叫變成了兇猛的吼叫。

這句英文怎麼說

我心跳加速。
My heart skipped a beat.

狗可以分辨出鬼！我突然想起。

狗可以辨識出鬼來！

此時，這條狗的視線轉到露易莎和她兩個兄弟身上。牠的紅眼頓時發出火炬般的光芒。

牠重心退到後腳上，開始號叫了起來，並且不斷的狂吠。

「他們就是鬼！」哈里森對著泰麗和我大叫，好像已經嚐到了勝利的滋味；而且還用手指著那三個小孩。

這條大狗一陣狂吠，然後撲向山姆。

山姆發出驚恐的叫聲，連忙舉起雙手保護自己。

結果，三個小孩又被推擠到洞穴更裡頭了。

這條狗則繼續兇猛的狂吠，不時露出牠尖銳的犬齒。

「你們……你們眞的是鬼？」我大叫。

露易莎此時露出了痛苦的表情。「我們根本沒有存活的機會！」她大喊：「那第一個冬天眞是太可怕了！」她說著說著，眼淚就從臉頰滑落了下來；這時我看

這句英文怎麼說

狗可以辨識出鬼來。
Dogs can recognize ghosts.

到奈特也正在哭。

德國牧羊犬繼續凶狠的狂吠，三個小孩已經退進了黑暗的空間裡了。

「我們爲了開始新生活，跟著父母坐船來到這裡。」山姆用顫抖的聲音說道：

「但後來我們都凍死了！這不公平！這實在太不公平了！」

外面又開始下起雨來，強風把一波又一波的雨水捲進了洞口，老人手上的火炬也越來越微弱，幾乎就要熄滅了。

「我們根本沒有過過什麼人生！」露易莎大叫。

霎時雷聲響起，洞穴似乎開始搖晃。而狗還是不斷的狂吠號叫。

當我從搖搖晃晃的火焰中看到三個小孩時，他們的外貌居然開始改變。

剛開始他們的頭髮脫落，而且是一束一束的掉落在洞穴的地上。

然後是脫皮。他們的皮膚先是卷曲起來，接著剝落下來，一直脫到變成三具恐怖的骷髏，透過凹陷、黝黑的眼洞，盯著我和泰麗看。

「留下來跟我們作伴啊，表弟妹！」露易莎的骷髏發出低語，還伸出只剩骨頭的手指，想要抓住我們。

「跟我們在一起！」山姆發出嘶嘶聲；他那已經沒有肌肉的下顎，還不斷的上下擺動。「我們已經幫你們挖好很棒的墳墓，就在我們的墓旁邊！」

「跟我一起玩！」奈特的骷髏哀求著。「留下來跟我玩！我不要你們走，再也不！」

三隻鬼一起朝我們走過來，他們伸出骷髏手，伸長過來想要抓住我跟泰麗。

我倒吸了一口氣，蹣跚的向後退。

這時，我看到受到驚嚇的哈里森，也搖搖晃晃的往後退。

突然，火炬熄滅了！

這句英文怎麼說

留下來跟我玩。
Stay and play with me.

27.

被強風吹得晃動不已的火炬，終於熄滅了！

突如其來的黑暗，讓我一時喘不過氣來。

但我仍然可以感覺到有物體在移動，及腳步摩擦過洞穴的潮濕地面。

我還可以聽到那三隻鬼低聲懇求的聲音。

越來越近，越來越近。

突然，我的手臂被一隻冰冷的手握住。

當我正要尖叫時，聽到她低聲的說：「傑瑞……快逃！」

是泰麗！

我還沒來得及喘口氣，泰麗已經拉著我穿過黑暗衝出洞穴！

我們衝到洞穴外的岩架上，而外面還在下著雨。

「快逃、快逃！」泰麗大叫。她眼中露出瘋狂，緊緊握住我的手。「快逃！快點逃！」

這句話此時變成絕望的吟唱。

「快逃！快逃！」

不過，當我們掙扎的從岩石上爬下時，隆隆的雷聲淹沒了泰麗的吶喊。

剎那間天搖地動。

我幾乎無法站穩腳步。

原來那隆隆的雷聲並不是真的打雷。

雖然我跟泰麗的視線被雨水遮蓋了大半，但我們仍及時轉身，看到洞穴上方的石堆坍落下來。

應該是雨水和風勢讓那些石頭鬆動了吧，結果數顆巨石從上面一路相互碰撞、敲擊，滾落了下來。

一顆又一顆的巨石，砰砰砰的掉落到岩架上。

這句英文怎麼說

我幾乎無法站穩腳步。
My legs nearly slid out from under me.

直到那黑暗的洞穴完全被封住。

我在下面用雙手擋住雨水，朝上凝視著洞穴口，等待著。

看看有沒有任何人逃出來。

但是，沒有人能逃出來。

幽靈似的小孩沒能逃出來。

老人也沒能逃出來。

哈里森．沙德勒爲了制服鬼魂，犧牲了自己的性命。

那個洞穴則被另一道閃電照得通明。

現在換我拉泰麗離開了。「我們走吧！」我央求她。

但是她卻動也不動地站在雨中，凝視著已經被封住的洞穴。

「泰麗……拜託妳，我們走吧！一切都結束了！」我邊說邊拖著她走。「謎團已經解開，所有的恐懼也全都結束了！」

28.

幾分鐘之後，我們回到別墅，看到愛葛莎推開前門，快步衝出來迎接我們。

「你們剛剛跑哪兒去了？布萊德跟我擔心得要死啊！」

她領我們進屋，抱怨我們讓她擔心受怕，一邊搖著頭、一邊興奮的說我們能平安的回來，讓她有多麼高興。

於是，泰麗跟我把全身擦乾，換上乾淨的衣服。

當我們跟著布萊德和愛葛莎到廚房，榨取大量滾燙的熱蘋果汁時，外頭的雨已經停了。

從廚房的窗子望出去，風仍然吹拂著樹林，樹葉上的雨水如水銀瀉地般滑落到地上。

這句英文怎麼說

從頭開始說吧。
Start at the beginning.

「現在，告訴我們你們剛剛經歷的事情吧。」布萊德說：「我跟愛葛莎眞的非常擔心你們兩個，暴風雨來襲還待在外面。」

「這說來有些話長。」我告訴他們，一邊把手放在裝熱蘋果汁的杯子上取暖。「我實在不知道從哪裡說起。」

「從頭開始說吧。」布萊德靜靜的說，「那通常是起頭的最佳所在！」

於是，我跟泰麗盡可能詳細的告訴他們那三隻小鬼、那個老人，和恐怖洞穴的事情。

當我在說明的時候，我發現他們的表情開始有了變化。

我看的出來，他們是多麼的擔心我跟泰麗，而且更看的出來，對於我們不聽他們的話冒險進入洞穴，他們有些不高興。

當我結束這個故事時，整個房間鴉雀無聲；布萊德只是望著從玻璃窗上滴落下來的雨水，愛葛莎則清了清她的喉嚨，但是沒有開口說話。

「我們眞的很抱歉！」泰麗打破了沉默。「希望你們別生我們的氣。」

「重要的是，你們兩個都平安無恙。」愛葛莎回答。

她站起身來走向泰麗，然後給她一個溫暖的擁抱。

接著她伸出手走向我，也想擁抱我一下；但是聽到一陣從外頭傳進來的聲音後，她停止了。

是吠叫，是響亮的狗吠聲。

泰麗一聽到狗叫，馬上衝到後面，把後門拉開。

「傑瑞，快看！」她大叫。「那是哈里森．沙德勒的狗！牠逃出洞穴了！牠一定是跟著我們來到這裡的。」

我跟著走到後門邊。那條狗全身已被雨水淋濕，濕透了的灰色皮毛全糾結到背後去了。

於是我和泰麗跑出去撫摸那隻狗。

但出乎我們意料之外的，牠居然退後，並開始號叫。

「放輕鬆，狗狗！」我說：「你一定很害怕，對不對？」

可是狗兒對我咆哮，並繼續吠叫。

這次換泰麗彎下身來哄哄這隻動物，但狗兒也遠離了她，並且持續凶猛的狂

這句英文怎麼說

我和泰麗跑出去撫摸那隻狗。
Terri and I reached out to pet the dog.

吠。

「喂！」我大叫，「我是你朋友欸，記不記得？我不是鬼啊！」

泰麗轉身望著我，臉上浮現困惑的表情。「你說的沒錯，我們不是鬼。那牠爲什麼不停的吠叫？」

我只能聳聳肩，繼續哄著狗。「喔，乖乖！狗狗，乖乖！」

可是狗兒完全不理會我，還是不斷的狂吠號叫。

這時，我轉頭回去，看到布萊德和愛葛莎蜷縮在廚房的牆邊，緊繃的臉上充滿著恐懼。

「那只是布萊德和愛葛莎。」我告訴狗兒。「他們是好人，不會傷害你的！」

說到此處我猛然嚥了口口水，心臟突然一陣悸動。

我終於發覺，爲何這條狗要吠得如此凶猛了。原來牠是對著布萊德和愛葛莎狂吠！

愛葛莎走到門邊，朝著狂吠的動物揮舞著手指。「壞狗狗！」她大喊，「可惡的壞狗狗！現在可好了，你把我們的祕密也洩漏出去了！」

泰麗聽到這番話，不禁倒吸了一口氣；因爲她了解愛葛莎在說什麼了！

說時遲那時快，愛葛莎重重的把後門關上，轉身跟布萊德抱怨。「眞可惜！那條狗居然出現了。」

她焦躁的搖著頭。「現在我們拿這兩個小傢伙怎麼辦，布萊德？我們究竟該拿那兩個小孩怎麼辦？」

墓園似乎讓她感到興奮。
Graveyards get her all excited.

我在這裡。
I'm over here.

我們兩個都被困住了！
We were both trapped.

布萊德．沙德勒是我們的遠房表親。
Brad Sadler is our distant cousin.

我們回頭去探探那個小墓園吧！
Let's go back and check out that little cemetery!

不知道下面有什麼？
I wonder what's down here.

拜託你行不行！
Give me a break.

我用手遮住眼睛。
I shielded my eyes with my hand.

你們是一家人嗎？
Are you all in the same family?

你們有沒有進去探險過？
Do you ever go exploring in there?

我閉著嘴沒有答話。
I kept my mouth shut.

泰麗走到窗戶邊。
Terri turned to the window.

我一定是扳起了臉孔。
I must have a face.

你應該會喜歡這種植物。
You should like these plants.

- 我找到了一具骨骸！

  I found a skeleton!

- 這具骨骸可是非常完整的。

  This skeleton is in perfect shape.

- 我狠狠的瞪著他們。

  I glared at them.

- 就在你後面。

  Right behind you.

- 這些話一直在我腦海裡迴盪。

  The words rolled through my mind.

- 他們真是這麼說的？

  Is that what the said?

- 我躺了回去。

  I lay back down.

- 我從床單縫裡偷偷望出去。

  I peeked out from the sheet.

- 你還真是沒用。

  You're such a wimp.

- 我看到下面有一大堆東西。

  I see tons of stuff in here.

- 我們花了點時間檢視所有的東西。

  We spent a few minutes examining everything.

- 我不是故意說出來的。

  I didn't mean to tell.

- 這只是另一個愚蠢的笑話。

  It's another dumb joke.

- 我又走近了一步。

  I took another step.

我感覺腳踩了個空。

I felt my legs give way.

我沒看到任何光。

I don't see any light.

牠們讓我想到了老鼠。

They remind me of rats.

在這裡，我們通常都有好運氣。

We usually have good luck here.

這三個小孩真的很害怕。

These three kids really were frightened.

我感覺到泰麗在桌子底下用腳踢我。

I felt Terri's foot nudge mine under the table.

他們不希望我們去那裡受到傷害。

They don't want us to get hurt up there.

我們進去吧！

Let's go in.

泰麗在我身後磨蹭。

Terri lingered behind me.

只有幾呎之遙。

Just a few feet farther.

那蒼白的光越來越亮。

The pale light grew brighter.

我踩到一塊凸起的石頭。

I stumbled over a jagged rock.

我們沿著海岸繼續跑。

We ran along the shore.

我聽到一陣鬼似的細語。

I heard a ghostly whisper.

- 我對著那三個小孩做了做手勢。

  I mentioned to the three kids.

- 那只是好玩。

  That was just for fun.

- 我轉身離開窗邊。

  I spun away from the window.

- 我開始唸起墓碑上的名字。

  I started reading the names on the tombstones.

- 這裡真的是沙德勒的家族墓園嗎？

  Was this a whole cemetery of Sadlers?

- 我把視線移向最後一個墓碑。

  My eyes moved to the last marker.

- 那是有史以來最冷的冬天之一。

  It was one of the worst winters in history.

- 那是種如釋重負的笑。

  Relieved laughter.

- 你們不必再進去那個洞穴。

  You don't have to go into cave again.

- 這次我們不會搞砸的。

  We won't mess up.

- 月光讓深色的海水閃耀著粼粼的光芒。

  The moonlight made the dark water sparkle.

- 我指了指我們的右手邊。

  I pointed to our right.

- 他們好像是要告訴我們什麼。

  They're trying to tell us something.

- 我試著要掙開它的手。

  I tried to jerk free of his grasp.

你要對我們做什麼？
What are you going to do us?

他臉上的笑容消失了。
His smile faded.

這個洞穴是個庇護所。
This cave is a sanctuary.

你們不相信我對不對？
You don't believe me, do you?

他們不可能是鬼。
There was no way they were ghosts.

你是不是看到什麼了？
Do you see something?

是誰挖了這兩個墳墓？
Who dug these graves?

我們很怕那隻鬼抓住你們。
We were afraid the ghost got you.

泰麗又擺了我一道。
Terri had done it to me again.

我們會在下面等。
We'll wait down here.

我全身不停的發抖。
My entire body trembled.

我絕對不會原諒泰麗，絕不！
I will never forgive Terri for this. Never.

不要傷害我們！
Don't hurt us!

我心跳加速。
My heart skipped a beat.

- 狗可以辨識出鬼來。

  Dogs can recognize ghosts.

- 留下來跟我玩。

  Stay and play with me.

- 我幾乎無法站穩腳步。

  My legs nearly slid out from under me.

- 從頭開始說吧。

  Start at the beginning.

- 我和泰麗跑出去撫摸那隻狗。

  Terri and I reached out to pet the dog.

給你一身雞皮疙瘩！

古墓毒咒 II
Return of The Mummy II

真的只是古老的迷信嗎？

蓋博萬萬沒想到，他又要重回古金字塔附近，
回到看見那些令人毛骨悚然的木乃伊的地方！
他得知埃及有個迷信，只要覆誦一種神祕咒語，
就可以使木乃伊死而復生，
但蓋博的舅舅卻表示那純屬騙人的把戲。
不過現在，木乃伊墓室裡似乎有走動的聲音……

校園幽魂
The Haunted School

他聽見來自另一個世界的聲音！

湯米有了新媽媽，而且轉學到一所新學校。
他並不討厭上學，可是要交到新朋友並不容易。
這所新學校實在太大了，一個不小心就會迷路，
而這樣的慘事果真發生了……
他被困在一個空蕩蕩的教室裡走不出來。
他聽到有人說話的聲音，一個小孩在求救的聲音。

每本定價 199 元

幽靈海灘

國家圖書館出版品預行編目 (CIP) 資料

幽靈海灘 / R. L. 史坦恩 (R. L. Stine) 著 ; 均而譯 .
-- 2 版 . -- 臺北市 : 商周出版 : 家庭傳媒城邦分公司發行 ,
民 105.04 176 面 ; 14.8 x 21 公分 . -- (雞皮疙瘩系列 ;25)
譯自 :Ghost Beach
ISBN 978-986-92956-5-9(平裝)
874.59 105004155

原著書名——Ghost Beach
原出版社——Scholastic Inc.
作　　者——R.L. 史坦恩（R.L.STINE）
譯　　者——均而
責任編輯——劉枚瑛、何若文

版　　權——翁靜如、吳亭儀
行銷業務——林彥伶、石一志
總 編 輯——何宜珍
總 經 理——彭之琬
發 行 人——何飛鵬
法律顧問——台英國際商務法律事務所 羅明通律師
出　　版——商周出版
臺北市中山區民生東路二段 141 號 9 樓
電話：(02) 2500-7008 傳真：(02) 2500-7759
E-mail：bwp.service @ cite.com.tw
發　　行——英屬蓋曼群島商家庭傳媒股份有限公司城邦分公司
臺北市中山區民生東路二段 141 號 2 樓
讀者服務專線：0800-020-299 24 小時傳真服務：(02)2517-0999
讀者服務信箱 E-mail：cs @ cite.com.tw
劃撥帳號——19833503 戶名：英屬蓋曼群島商家庭傳媒股份有限公司城邦分公司
訂購服務——書虫股份有限公司客服專線：(02)2500-7718；2500-7719
服務時間：週一至週五上午 09:30-12:00；下午 13:30-17:00
24 小時傳真專線：(02)2500-1990；2500-1991
劃撥帳號：19863813 戶名：書虫股份有限公司
E-mail：service@readingclub.com.tw
香港發行所——城邦（香港）出版集團有限公司
香港 灣仔 駱克道 193 號東超商業中心 1 樓
電話：(852) 2508-6231 傳真：(852) 2578-9337
馬新發行所——城邦（馬新）出版集團
Cité(M) Sdn. Bhd. 41, Jalan Radin Anum,
Bandar Baru Sri Petaling, 57000 Kuala Lumpur, Malaysia.
電話：(603)9057-8822 傳真：(603)9057-6622
商周出版部落格——http://bwp25007008.pixnet.net/blog
行政院新聞局北市業字第 913 號

美術設計——王秀惠
印　　刷——卡樂彩色製版有限公司
經 銷 商——聯合發行股份有限公司 新北市 231 新店區寶橋路 235 巷 6 弄 6 號 2 樓
電話：(02)2917-8022 傳真：(02)2911-0053

■ 2003 年（民 92）09 月初版
■ 2020 年（民 109）09 月 29 日 2 版 2 刷
■ 定價 / 199 元
著作權所有，翻印必究
ISBN 978-986-92956-5-9

Goosebumps : vol#22 Ghost Beach
Copyright ©1994 by Parachute Press, Inc.
Complex Chinese translation copyright © 2003 by Business Weekly Publications, a division of Cite Publishing Ltd.
Published by arrangement with Scholastic Inc., 557 Broadway, New York, NY 10012, USA.
GOOSEBUMPS, [雞皮疙瘩] and logos are trademarks of Scholastic, Inc.
All Right Reserved

Printed in Taiwan
城邦讀書花園
www.cite.com.tw

商周出版

廣　告　回　函
北區郵政管理登記證
台北廣字第000791號
郵資已付，免貼郵票

104 台北市民生東路二段 141 號 9 樓
城邦文化事業（股）有限公司
商周出版 收

請沿虛線對摺，謝謝！

Goosebumps
雞皮疙瘩

商周出版

書號：BG7065	書名：**幽靈海灘**	編碼：

請於此處用膠水黏貼

商周出版

讀者回函卡

謝謝您購買我們出版的書籍！請費心填寫此回函卡，我們將不定期寄上城邦集團最新的出版訊息。

姓名：＿＿＿＿＿＿＿＿＿＿＿＿＿＿＿ 性別：□男　□女

生日：西元 ＿＿＿＿ 年 ＿＿＿＿ 月 ＿＿＿＿ 日

聯絡地址：＿＿＿＿＿＿＿＿＿＿＿＿＿＿＿＿＿＿＿＿＿＿＿＿＿

聯絡電話：＿＿＿＿＿＿＿＿＿＿＿＿ 傳真：＿＿＿＿＿＿＿＿＿＿＿＿

E-mail：＿＿＿＿＿＿＿＿＿＿＿＿＿＿＿＿＿＿＿＿＿＿＿＿＿

學歷：□1.小學 □2.國中 □3.高中 □4.大專 □5.研究所以上

職業：□1.學生 □2.軍公教 □3.服務 □4.金融 □5.製造 □6.資訊
□7.傳播 □8.自由業 □9.農漁牧 □10.家管 □11.退休 □12.其他
＿＿＿＿＿＿＿＿＿＿＿＿＿＿＿＿＿＿＿＿＿＿＿＿＿

您從何種方式得知本書消息？
□1.書店 □2.網路 □3.報紙 □4.雜誌 □5.廣播 □6.電視 □7.親友推薦
□8.其他 ＿＿＿＿＿＿＿＿＿＿＿＿＿＿＿＿＿＿＿＿＿＿＿＿＿

您在哪裡購買本書？
□1.金石堂（含金石堂網路書店） □2.誠品 □3.博客來 □4.何嘉仁
□5.其他 ＿＿＿＿＿＿＿＿＿＿＿＿＿＿＿＿＿＿＿＿＿＿＿＿＿

您喜歡閱讀的小說題材是？
□1.浪漫 □2.推理 □3.恐怖 □4.歷史 □5.科幻/奇幻 □6.冒險
□7.校園 □ 8.其他 ＿＿＿＿＿＿＿＿＿＿

您最喜歡的小說作家？
華人：＿＿＿＿＿＿＿＿＿＿＿＿ 國外：＿＿＿＿＿＿＿＿＿＿＿＿

最近看過最好看的小說是哪一本？
＿＿＿＿＿＿＿＿＿＿＿＿＿＿＿＿＿＿＿＿＿＿＿＿＿＿＿＿＿＿

請於此處用膠水黏貼

Goosebumps®

Goosebumps®